JN019643
師の
異世界転生記
～下僕の妖怪どもに比べてモンスターが弱すぎるんだが～
7
小鈴危一
Illust. 夕薙

イーファ
【魔術師】
メイベル・クレイン
【重戦士】

アミュ
【魔法剣士】
「その……三人とも、綺麗だな」

戦姫
【？？？】
ヒルトゼール
【帝国 第一皇子】
レン
【聖騎士】

# 最強陰陽師の異世界転生記～下僕の妖怪どもに比べてモンスターが弱すぎるんだが～⑦

小鈴危一

# CONTENTS

## 幕間　ギーシュ、城塞都市レメアにて

ギーシュはこれまで生きてきて、何かを深く考えたことはなかった。

貧しくて嫌気が差していた生まれの村を捨て、都市へ向かうことにしたのは、悪友の誘いに軽い気持ちで乗ってしまったからだ。

そこでろくな職にありつけず、なんとなく傭兵団に志願したのは、耳触りのいい勧誘の言葉を真に受けてしまったからだ。

結局、その傭兵団の実態はほとんど野盗の集団だったのだが、だからといってギーシュは逃げ出すこともせず、流されるままに商隊や旅人を襲う手伝いをしていた。

面倒だったのだ、考えるのが。

ぼんやりとまずいとは思っていたが、行動に移すほどの気力を、ギーシュは持ち合わせていなかった。

当然そんな稼業が長く続くはずもなく、傭兵団は捕らえられ、頭目は絞首刑。ギーシュたち下っ端は奴隷として売り払われることとなる。

他の大勢の奴隷とともに連れて行かれた先は、鉱山だった。坑道は狭く、暗く、暑く、毒気や落盤で仲間が次々に死んでいく。自分も長く生きられないだろうとギーシュは感じていたが、しかし何もしなかった。

考えることは面倒だ。

何か状況を脱する手段があるのだとしても、それを考えるのも、行動に移すのも、ギーシュにとっては億劫だった。

だから、反乱に参加したのも、単にそれが目の前で起こったためだった。

ある夜、騒がしさに目を覚ますと、奴隷を管理する兵隊たちの詰め所が燃えていた。周辺には死体が転がり、さらにはそれを取り囲むように、興奮した様子の奴隷たちが立っていた。

彼らの話す内容から、反乱を起こしたのだとわかった。

兵隊から奪った剣や、金槌やツルハシなど、思い思いの武器を持った奴隷の集団に、ギーシュはついていくことにした。彼らは奴隷主の屋敷に押し入ると、肥えた初老の男とその家族を殺し、金品を奪って火をつけた。

「……すげぇ」

燃え盛る大きな屋敷を見て、どさくさに紛れてくすねた宝石を握りしめながら、ギーシュは思わず呟いていた。

自分たちのしでかした事の重大さに、今さらながら興奮していた。

奴隷の数は、いつの間にか増えていた。

どうやら農園で働く奴隷たちも同じタイミングで反乱を起こしており、彼らと合流したらしい。

「やったぞ、みんな！　これで俺たちは自由だ‼」

奴隷を束ねる頭目の男の顔を、ギーシュは知らなかった。

農園の方の奴隷なのかと思ったが、よくよく思い返してみると鉱山からの道中ですでにその男の姿はあった。だから、共に働かされていた仲間であることは間違いないはずなのだが。

「まあいいか」

ギーシュはそれ以上、深く考えなかった。

面倒であったし、何よりどうでもよかったからだ。

奴隷の反乱軍は、その後町や村を襲い始めた。

集落を襲うのは簡単ではない。たとえ小さな村でも、相手の方が数が多い。生活を守るためにも、襲われれば決死の覚悟で反撃してくる。豊かな村には自警団が存在し、町ともなれば警邏隊兼警備隊である騎士団を雇っていることも多かった。野盗程度が襲える集落など限られる。だからこそ、彼らは主に商隊などを獲物としているのだ。

しかし、これだけの規模の集団ともなると、話は違った。

鉱山と農園の町を掌握した奴隷たちの集団は、いつの間にか数を増やしていた。

それこそ、小さな町程度なら容易に攻め落とせてしまうほどに。

反乱軍は元の町を出ると、ひたすらある方角に向かって進み、物資の拠出を求めると称しては、進軍途上にある町や村を襲った。

頭目とその取り巻きたちは、正義を為すためだとしきりに叫んでいたが、やっていることは正義とはほど遠かった。

しかし、やはりギーシュにとってはどうでもよかった。

「へへ……すげぇよ」

血に濡れた刃物を手に、納屋に隠れた村娘を追い詰めたギーシュは、こらえきれずそう呟いた。

自分は何か、とてつもない出来事に居合わせている。

奴隷の解放やら貴族制の廃絶やら、あの男の言うことはよくわからない。だが退屈でしかたなかった自分の人生に、今ようやく激動が訪れている。ギーシュにはそんな確信があった。

反乱軍は、さらに増えた。

襲った先の町や村で、奴隷や虐げられていた者など、自分たちと似た境遇の者を取り込んでいったためだ。

時には強制的に徴発することもあったが、そういった者たちは自分たちの召使いとし、集落を攻めるときには真っ先に突っ込ませたので、ギーシュは気分がよかった。

やがて反乱軍は、とある小規模な城塞都市にたどり着いた。

小規模とはいえ、城塞都市だけあって町や村などとは比べものにならないほど大きい。

いくら数の増えた反乱軍と言えど、城壁のある都市を落とすことは容易ではない、というより不可能に思えたが、どういうわけか城門は最初から開け放たれていた。

誰もいない城門をくぐり、反乱軍は静かな市街を進む。

立派な街のどこにも、人の気配はない。

やがて、街の中心とおぼしき広場へとたどり着いた。

そこで、反乱軍は自然と足を止める。

「えっ……」

ギーシュは動揺に声を上げた。

周りも次第にざわめき出す。

広場には、すでに大勢の人間がいた。

街の住民、という雰囲気ではない。薄汚れた服に、剣や槍、鎌に鍬といった武器を手にした、無秩序な集団。

彼らもこちらと同様に、反乱軍の姿を見て騒然としているようだった。

「……これでようやく、俺の役目も終わりか」

そんな中、微かな呟きがギーシュの耳に入った。

奴隷の集団の中から、頭目の男が歩み出る。男はあまり奴隷らしくない、どこか品のある仕草で、反乱軍に呼びかける。

「みんな、安心してくれ。彼らも俺たちの仲間だ」

ざわめきが大きくなる中、男は続ける。

「ソゾ教の信徒たちだ。南の地での弾圧に耐えかね、蜂起した。俺たちと同じように、勇気を持って巨悪を討ち、ここまで長い旅を続けてきたんだ」

ソゾ教という名を、ギーシュは聞いたことがあった。たしか、貧者の間で広まっているうさんくさい新興宗教だったはずだ。

そんな連中と一緒にされるのはごめんだったが、とはいえ相手もなかなか数が多い。もしどちらかが先に手を出してしまえば、小競り合いでは済まなくなる。

ギーシュが思わず押し黙ると、頭目の男が笑顔とともに言う。

「彼らと手を取り合おう。向こうの意思も同じだ。俺たちは、もっと大きなことができるようになる」

周囲がざわめいた。ギーシュも目を見開く。

確かに双方が団結できれば、相当な規模の武装集団になれる。町や村どころか、ここのような小規模な城塞都市だって落とせるようになるかもしれない。恐れていた帝国軍にすらも、きっと抵抗できるようになるだろう。

大きな都市を占拠し、自分たちのための街に作り替えることだって、不可能ではないはずだ。

「すげぇ」

ギーシュは胸が躍った。

「すげぇよ」

自分たちの街ができたら、絶対にいい役職に取り立ててもらおうと、ギーシュは決めた。

役人になれば賄賂をもらえるし、これまで自分を見下してきたような愚鈍な連中を好き放題虐げることができる。

街の役人にどのような役職があるのかすらよく知らなかったが、偉くなれるならなんでもかまわないとギーシュは思った。

ただできるならば、あまり考えずに済む仕事がいい。

「だからみんな、まずは……あー、もういいか」

頭目の男は、ふと後ろを振り返ると、急にめんどくさくなったかのように言葉を切った。

男の後方では、信徒たちの指導者らしき人物が集団の前で同じように喋（しゃべ）っていたが、いつの間にか姿を消していた。

男は奴隷の集団に顔を戻すと、どこか投げやりな表情で口を開く。

「じゃあ、あとはみんなでよろしくやってくれ」

そう言い残すと、男は街路の一つへと走り去り、そのまま姿を消してしまった。

「……おい、あいつ行っちまったぞ」

「これからどうすればいいんだよ」

「あいつらに声かけるか？」

「だが、なんて？」

困惑したように、周囲がざわめき出す。

チャンスだ、とギーシュは思った。

ここで声を上げれば、自分が次の頭目になれる。

反乱軍の中でもギーシュは有象無象（うぞうむぞう）の一人でしかなかったが、頭目の取り巻きだった者たちも混乱している今ならば、一気に存在感を示すことができる。そうなれば、役人のトップにだってなれるだろう。自分の人生は、今ここから始まるのだ。

どうして男が信徒の集団を知っていたのか。

どうして今ここで姿を消したのか。

どうして自分たちはこの地まで歩かされたのか。

どうしてこの街には誰もいないのか。

頭の片隅には様々な疑問が浮かんでいたが、ギーシュはそれらについて深く考えようとはしなかった。面倒であったし、今はもっと大事なことがある。

この場ではどんな言葉が一番効果的なのか、ということだ。ギーシュはこれまでほとんど使ってこなかった頭を限界まで働かせ、そして閃(ひらめ)いた。

興奮のあまり口元をほころばせながら、できるだけ威厳のある声を発しようとした――その時。

「――世界は、〇(ゼロ)と一(いち)とでできている」

唐突に、声が響いた。

ギーシュと奴隷たち、そして信徒の集団の者たちも、思わず声の方向を見上げる。

広場を見晴らす建物の屋根に、人影が一つ、座していた。

「無と有、影と光、霜(しも)と炎、そして死と生。世界とは対立する二つの概念から成り立っており、それらを指し示す二つの数さえあれば、あらゆるものを説明、記述することが可能だ」

小柄な人影だった。

大人(おとな)にしては小さい。だが子供と見るには、やや大きい。そんな、中途半端な背格好をしている。

性別はわからない。中性的な声と体格のせいもあるが、何より顔全体に包帯が巻かれており、人相が見えないのだ。

その人物は、包帯に隠れた目で集団を睥睨しながら続ける。

「この理論に照らせば、君たちは一だ。矮小ながらも確かに存在し、集まれば大きな数となる……。よくぞここまでたどり着いた。ここから先は、小生が君たちを導こう」

二つの集団から、ざわめきが上がった。

それにはどこか、安堵したような響きがあった。リーダーがいなくなり困惑していた者たちからの、気の抜けたような声も聞こえてくる。

ギーシュは思わず舌打ちした。

次の頭目になるという目論見は、これで台無しになった。あの包帯人間は、いったい何者なのか。

「とはいえ、小生はどうにも一が馴染まない」

人影が変わらない調子で言う。

「雑多な様よりは、荒涼としている方がいい。明るい日向よりは、薄暗い日陰の方がいい。暑いのも嫌いだ。不快だし、何よりすぐに傷んでしまう。ああそれと、これは最も大事なことなのだが――生者も好かないのだ、小生は」

人影はいつの間にか、開いた本を手にしていた。

次の瞬間、そこから光の粒子が猛烈に湧き上がる。

「な、なんだ!?」

どよめく集団の中、ギーシュも同じく動揺の声を上げながらも、あの本については見当が付いていた。

たしか、魔導書というものだ。魔術師が用いる、モンスターや物品などを召喚できる本。実物を見たことなどなく、小さい頃に聞いたおとぎ話や、吟遊詩人が歌っていた冒険譚の内容から推測しただけだったが、およそ間違いないように思えた。

ならばあの包帯人間は……いったい何を喚び出そうとしているのか。

「矮小な意思など、なくてよろしい。まず君たちは、速やかに〇に戻ること。さすれば小生の整然とした意思でもって、君たちを規則正しく導いてあげよう」

光の粒子が実体化していく。

そうして広場に現れたのは――奇妙なモンスターだった。

「な……っ」

巨大な蜥蜴のような体。太い尾に、背から突き出た二枚の翼。一見すると、冒険譚に伝え聞くドラゴンのようにも見える。

だが、その首は七本あった。

中央にある、本来のドラゴンのものとおぼしき首を取り囲むようにして、様子の異なる首が六本生えている。

どれも見た目が違う。どこか華奢なヒュドラのもの。目を持たないワームのもの。三角形に近据えられただけの巨大な赤い単眼や、半透明の霊体のような首まで存在している。

よく見れば、鱗の色も体のそこかしこで違っていた。頭が重すぎるためか、全体のバランスも悪く、立ち姿もつんのめっているかのようだ。

明らかに不自然なモンスターだった。

まるで、人間の手で無理矢理つなぎ合わせたかのような。

「安心していい、君たちに手荒な真似はしないよ」

首の内の一つ、ヒュドラの頭が、大きく引かれた。

同時に、継ぎ接ぎドラゴンの胸腔が膨らむ。

「だから、綺麗に死にたまえ」

ヒュドラの頭が大口を開き、風を吐き出した。

一瞬の後、それは広場全体を覆っていく。

「う……」

ギーシュは、腐った卵のような臭気が鼻孔を刺すのを感じた。

思わず顔をしかめた、次の瞬間――――強烈な吐き気と目の痛みに、たまらず体を折った。

「ぐっ……かは……こふっ……」

息ができない。

どれだけ空気を吸い込もうとしても、まるで胴体を大蛇に締め上げられているかのように、胸を膨らませることができない。

ギーシュは滂沱の涙を流していた。悲しいのではない。あまりの目の痛みに、眼球が耐えかねているのだ。

全身に力が入らない。まるでくずおれるかのように、ギーシュは広場に倒れ伏した。涙でにじみきった視界には、同じように倒れる仲間たちの姿が歪んで映る。

「よし、よし、よし。状態のいい死体を用意するのは大変なのだが、今回は非常に、うまくいった。ここまでお膳立てしてくれたからには、小生も期待に応えねばなるまい」

意識が途切れる直前、ギーシュの耳が機嫌のよさそうな独り言を拾った。

「それでは、始めよう」

広場の中心に、巨大な魔法陣が浮かび上がる。

# 第一章　其の一

ラカナの山々が、一年ぶりに赤く色づいていた。

「お、ランプローグんとこのパーティーが戻ってきたぞ」

「よお、英雄さん！　今日も大漁かい？」

「俺たちの分も残しておいてくれよ」

「あ、セイカさーん、買い取りでしたらこちらの広いところへー」

ダンジョンから帰ってギルドに立ち寄ると、そんな声に出迎えられた。

ぼくは苦笑しつつ、手を挙げて答える。

魔族領を発って、数ヶ月。ラカナに戻ったぼくたちは、穏やかな日々を過ごしていた。

季節はすっかり秋だ。

例のスタンピードから一年以上が経過し、ラカナ周辺のダンジョンもほとんど元の賑わいを取り戻している。

魔王から一介の冒険者に戻ったぼくは、アミュたちと共にダンジョンに潜っては得られた素材を売るという、冒険者らしい暮らしを送っていた。

半年前までの生活に戻っただけとも言えるだろう。

しかし、ぼくの気持ちは以前よりもずっと軽かった。

◆　◆　◆

「それにしてもセイカくん、大人気だよね」

すっかり常連となったギルドの酒場で、イーファが席に腰掛けながらしみじみと言った。

採ってきた素材の売却を終えたぼくたちは、軽食でもとろうということで、手近なここに寄ることにしたのだ。

夕食にはまだ早い時間だが、ダンジョンに長く潜っていれば腹も空(す)く。

「どこに行ったって、いろんな人から話しかけられるもん」

「しばらく顔見せてなかったせいかしら」

イーファの言葉を受け、アミュが両手で頬杖(ほおづえ)をつきながら言う。

「いつもいるとは限らないようなレアキャラって、冒険者はかまいたがるのよね」

「ぼく、そんな珍獣みたいな扱いなのか……。まあ、一度ふらっといなくなったのは事実だけど」

春にラカナからケルツへ向かったときは、ほとんど誰にも言わずに出てきた。

依頼をこなし終えたらすぐ戻るつもりだったので、そんな必要もないかと思っていたからなのだが……ケルツでルルムとノズロに出会い、一悶着(ひともんちゃく)あった末に魔族領にまで渡り、各種族の君主と交流したり火山をどうにかしたりしていたら、結局数ヶ月もの間ラカナを空(あ)けることになってしまった。

おかげで、戻ってきたときには顔馴染みの連中にだいぶ驚かれた。

ラカナの首長であるサイラスも、一応フィオナからぼくたちのことを頼まれている手前、けっこう気を揉んでいたらしい。それを知ったときにはさすがにいくらか申し訳なくなった。

アミュがやれやれといった笑みとともに言う。

「なんだかんだ言って、あんたが一番ここに馴染んだわよね。最初は、こんな野蛮な街ー、とか言ってたのに」

「野蛮とまでは言ってなかっただろ。口では」

「口ではね」

しかし、馴染んだと言われれば……多少はそうだと言えるかもしれない。

「でも、みんながセイカに話しかけたがる気持ちも、ちょっとわかる」

ふと、メイベルがぽつりと言った。

「なんとなく、セイカはかまいたくなる。レアキャラとか関係なく」

「ええ、そうなのか……？　学園では全然かまわれなかったけど」

「それもわかる」

メイベルはうなずいて言う。

「セイカは、ちょっと怖いから。私とか、冒険者みたいなのは平気でも、貴族の子は近づきづらい気がする」

「怖いって……学園にいた頃も？」

帝城に攻め入って以降はともかく、学園では一応、普通の貴族の子供らしい振る舞いを心がけていたつもりだったのだが。

擁護を求めてイーファに顔を向けると、彼女はやや苦笑気味に笑って言う。

「あはは……えーっと、そうかも」

「え……イーファも同じ意見か？」

「うん。ちょっとだけど」

イーファはうなずいて続ける。

「話してるとそうでもないけど、セイカくん、黙ってるときはなんか雰囲気あるから」

「雰囲気……」

「もしも学園で初めて会ってたら、わたしも話しかけにくかったかも」

「えー、そうかしら？　あたしは別に、なんとも思わなかったけど……」

「アミュは、冒険者側」

「あー、それもそうね。顔がおっかないやつなんて小さい頃から見慣れてたわ」

彼女らの話を聞きながら、ぼくは微妙な気分になっていた。

実は、知らず知らずのうちに気を張っていたのだろうか。あの時はまだ、今生をうまく生きてやろうと、慣れない企みをして意気込んでいたから。

もしかするとぼくの学園生活は、最初からうまくいくはずがなかったのかもしれない。

「でも最近は、あんまり怖くなくなった」

メイベルが表情を変えずに言う。

「だから、みんなもかまってきてるのかも」

「あ、そうだよね。セイカくん、ちょっと雰囲気が柔らかくなった気がする」

「たしかに浮かれてる感じはするわね」

「別に浮かれてはいないだろ。憑き物が落ちた、とかならわかるけども」

正直、自覚はあった。なんといっても、魔族絡みの問題がほとんど解決してしまったのだ。

アミュに送られてくる刺客。

それに、ぼくが魔王だということ。

後者はルルムに言われて以降、ぼくを悩ませていた最大の問題だった。前者についても、学園に現れた魔族一行が逃亡生活の遠因になったことから、決して軽視できないものになっていた。

味方にせよ敵にせよ、魔族は面倒な事態を引き起こす。

しかし、この夏に魔族領へ向かい、彼らの君主と交流を持ったことで、その辺りの懸念事項がほぼ解決してしまった。

あの子たちは、魔王に頼らない全種族の団結、そして人間との和平を望んでいる。

皆まだ年若いが、帝国の破壊工作をきっかけにそれぞれ政治の実権を握ることができたため、いずれ種族の意思もそのようになることだろう。

もちろん、種族の意思とは無関係に魔族がやってこないとも限らない。勇者と魔王がそろっているのだ、可能性がないとは言えない。

だが、その確率はこれまでよりずっと低くなるはずだ。

それに……決してわかり合えないと思っていた者たちと、わかり合えたのだ。これから先も、いろいろなんとかなりそうに思えてくる。

そういった事情で、少々気が抜けたところがあった。それが、顔や仕草に出てしまっていたのかもしれない。

ぼくは小さく息を吐いて言う。

「まあ、ようやく……いくらか落ち着いてきたのかもな」

ラカナにというよりは、この世界に。

「ここでの暮らしはまだしばらく続くんだ。あまり肩肘(かたひじ)張っていても仕方ない」

騙(だま)されないように、奪われないようにとばかり考えずに、もっと普通に過ごしていても罰(ばち)は当たらないだろう。

だから、少しくらい気を抜いてもいいということにした。

聞いたアミュが、頬杖をついたまま言う。

「なんか……年取って丸くなった狂戦士みたいな台詞(セリフ)ね」

「もうちょっとマシなたとえはなかったのか……」

「でも、けっこう合ってる。セイカ、好戦的だから」

「え、そ、そんなことないよ……セイカくん、いつも最初はちゃんと話し合おうとしてるし……ダメだったときは、その、あれだけど」

思わず引きつった笑みが浮かぶ。イーファの擁護は、よく聞けばあまり擁護になっていなかった。

そういえば、魔族領ではリゾレラにも同じようなことを言われた気がする。

とはいえ、別に荒事が好きなわけではないんだけどなぁ、と思った……その時だった。

「おっ、なんだ。ちょうどよかった。おーい、ランプローグの坊ちゃん！」

突然名前を呼ばれ、ぼくは振り返る。

こちらに手を挙げながら奥の階段を降りてきたのは、ラカナの卸商、エイクだった。

「エイクじゃない。久しぶりに顔見たわね。ティオは元気？」

「元気も元気。妹も大変だな、ありゃ」

「アミュが遊びたがってた、って伝えておいて」

「言ってないわよそんなこと！」

アミュがメイベルに文句を言うのをよそに、エイクが肩掛け鞄を漁りながら言う。

「そうそう、仕入れ先の商会から郵便を預かってきたんだ。ほら、ランプローグの坊ちゃんに」

「え、ぼく宛て……ですか」

ややどきりとしつつ、差し出された白い封筒を受け取る。

この世界で手紙は、主に商人たちが運んでいた。

主要都市間には馬を用いた郵便網があるが、残念ながらラカナにまでには届いていない。そういう辺境の都市に手紙を届けたい場合には、そこへ行き来する行商人に手紙を預けるのが常だった。

この街で手紙を受け取るのは、初めてではない。

前回の相手が誰だったか考えると……。

「貴族の知り合いからか？　ずいぶん上等な封筒で、しかも向こうの商会のお偉いさんから直接頼まれたもんだから、俺も緊張しちまったよ。じゃ、またティオとも遊んでくれな」

そう言うと、エイクは去っていった。

ぼくは、手元の封筒に視線を落とす。

質のいい紙が使われた、見覚えのある封筒だった。

「それ……ひょっとしてフィオナから？」

抑え気味の声で、アミュが訊(たず)ねる。

「ああ」

ぼくはうなずいて、ナイフを取り出した。

ぼくが出した返事の返事にしては、遅い。一方で、前回手紙を受け取ってからはまだ半年ほど。

次の近況報告というには、やや早い気がする。

となると……。

「……頼むから、厄介事(やっかいごと)は勘弁してくれよ」

ナイフで封蝋(ふうろう)を剥(は)がす。

中の便箋(びんせん)を広げると、書かれた文字を目で追う。

「……何が書いてあったの、セイカくん」

不安そうな声で、イーファが問いかけてくる。

ぼくは一通り目を通した便箋をたたみ直し、懐に仕舞った。

これからとるべき行動に迷いながらも、説明のために口を開く。

「どうやら、宮廷の方で……」

「――アミュ殿、とお見受けする」

その時、ギルドの酒場内に声が響いた。

全員で一斉に、アミュの名を呼んだその人物に顔を向ける。

丁寧に仕立てられた服を着た、若年の男だった。

ぼくは状況を察し、思わず顔をしかめながら呟く。

「うわ、さっそく来たか……」

ここまで案内してきたらしきギルド職員のアイリアが、戸惑いがちに言う。

「あの、この方は、帝都から……」

「私は皇帝ジルゼリウス陛下から遣わされた者だ」

帝都からの使者は、温度の感じられない目でアミュを見つめ、告げる。

「勇者アミュ、共に帝城まで来てもらおう――これは陛下の勅命ととらえてもらいたい」

どうやら、いつまでも気を抜いているわけにはいかないようだった。

◆　◆　◆

皇帝が、勇者を帝城へ招聘しようとしている。

近く勅使がそちらに向かう。

フィオナからの手紙は、おおむねこのような内容だった。

「それで……素直に従ってよかったわけ？」

揺れる馬車の中、正面に座るアミュが、そんなことを遠慮がちに訊いてきた。

ぼくたちは今、使者の用意した馬車に乗り、帝都へ延びる街道を進んでいた。

この馬車に乗っているのは、御者を除けばぼくたち四人だけだ。前後には使者の乗る馬車や護衛の乗る馬車が走っているものの、ぼくたちに監視などはついていない。

連行ではなく、あくまで招聘。形式上はそうなっているようだった。

アミュが続けて言う。

「あんたのことだから……あの使者をどうにかしてでも、逃げ出すんじゃないかと思ったけど……」

「フィオナが、従っても問題ないと手紙に書いていたからな」

ぼくは自然な声音で答える。

一年半前にアミュが連行された一件以降、首謀者であったグレヴィル侯爵は完全に失脚しており、反勇者の派閥も勢いを失っているとのことだった。

どうやらそれには皇帝の意思も働いていたようなので、少なくとも今回の呼び出しにも、アミュを排すという意図はないだろうというのがフィオナの予測だ。

「強引に逃げ出すような無茶はしないさ」

何より……今逃げたとしても、この先のあてがない。

冒険者として生きていくことはできるだろうが、常に追っ手に怯えることになる。逃亡先で、誰かと交流を持つことすらためらうようになるだろう。

そんな生活を送るくらいなら、まだフィオナの庇護下に居続ける方がいい気がする。

それに、皇帝の目的こそわからないものの……どう転んだとしても、これで逃亡生活は一度終わりになる。

向こうの意思次第にはなるが、うまく事が運べば、このまま逃げ隠れせずに済む立場に戻れるかもしれない。

「でも……なんなんだろうね。アミュちゃんを、帝城に呼び出すなんて」

イーファが恐る恐るといった調子で言う。

「皇帝陛下が、それを望んでるってことなんだよね……？　どういう用件なんだろ……」

「うーん……。フィオナの手紙にも、それらしいことは書いてなかったのよね？」

「ああ」

ぼくは短く答えてアミュにうなずく。

使者に先んじられるように急いでしたためたのか、フィオナの手紙は前回に比べるとだいぶ簡素なものだった。最低限の事実だけを記したような印象だ。

できればもうちょっと詳細がほしかったのだが、実際のところタイミングはギリギリだったので、あれ以上を望むのは酷だろう。

皇帝の目的については使者にも訊いてみたが、教えてくれなかった。というより、そもそも知らされていないような様子だ。

アミュが難しい顔になって言う。

「見当もつかないけど……案外、勇者を一度見てみたかった、とかなんじゃない？　ほら、お貴族様って珍しいものとか好きでしょ？　皇帝もそうだったりして」

「じゃあ、がっかりするかも」

「なんでよ」

メイベルの言葉に、アミュが怒る。

少し笑ったぼくは、そのままイーファの言った心配事に思いを巡らせた。

権力者が勇者に求めることといえば、やはり魔族の討伐だ。

だが、現時点で魔族とは休戦状態が継続している。各種族の王どころか、ここにいる魔王すらも人間とことを構える気はないので、おそらくこの先も帝国への侵攻は起こらないだろう。なので、防衛の必要はない。

逆に、人間側から攻め入るような状況も考えづらい。

魔族領は堅牢だ。森という地形がまず攻めづらく、そこに住まう魔族は一人一人が剣呑な戦士。

帝国が発展途上だった昔ならまだしも、成熟した今、そのような危険を冒してまで領土を広げる理由はなさそうに思える。

そしてそもそもの話、勇者は戦争に使いづらい。

以前にフィオナも言っていたが、ただ一人が強いだけではできないことが多すぎるのだ。都市の占拠に、攻城戦、橋や拠点などの構築、夜通し見張りを立てる程度のことすらも負担が大きい。捕虜(ほりょ)を抱える余裕もないから、敵は皆殺しにするしかないだろう。

軍のような扱いができないからこそ、過去にも勇者は、少人数で魔王を討たせるなどという暗殺者まがいの運用しかされてこなかった。

いろいろ考えてみたが、皇帝がアミュに求めるものの見当がつかない。

意外とアミュの言うとおり、勇者を一目見たかっただけなのだろうか？

「……まあ、さすがにそれは楽観がすぎるか」

とはいえ、ここまでくればぶつかってみるしかない。

幸いにもぼくたちには、皇族の協力者もいる。

ラカナへ来た時とほぼ同じ日数をかけて、ぼくたちは帝都にたどり着いた。

都市の規則で、来た馬車のまま街の中に入ることはできない。そのため前回と同じように、城門前で馬車を降りてから入城することになったのだが——門をくぐってすぐに、出迎えがあった。

「ああ……お久しぶりです。みなさん」

城門のそばで衆人の目を集めるようにしながら、水色の髪の聖皇女、フィオナが立っていた。

両脇にランプローグ領で見た侍女姿の聖騎士二人と、その周囲にも従者を侍らせている。

かなりものものしい雰囲気なこともあってか、彼女らを遠巻きに見つめる人だかりができていた。

フィオナは一瞬破顔しかけた表情をすぐに戻すと、余裕を感じさせる微笑とともに言う。

「ご無事でなによりです。帝都まではるばるご足労いただき、感謝いたします。ラカナからの旅程は大変だったことと存じますが、わたくしはみなさんに再び相見えることができてうれしく思いますわ」

いかにも高貴な血筋の少女らしい、隙のない振る舞いだった。

フィオナは次いで、ぼくたちをここまで連れてきた使者に顔を向けて言う。

「勅使としての務め、ご苦労様でした。ここからはわたくしが、勇者様とそのお連れの方々を歓待いたします」

「お言葉ですが、フィオナ殿下」

使者の男が一歩前に歩み出る。

その表情は険しい。

「それにはおよびません」

「まあ、うふふ。なぜ？」

「招聘した勇者を謁見の間までお連れするのが、私の務め。皇族である殿下のお手をわずらわせるなどもってのほかです。滞在場所の手配も抜かりなく」

「そんな、意地悪なことをおっしゃらないでください」

フィオナは悲しそうに目を伏せながら、胸に手を当てて言う。

「彼らはわたくしの友人なのです。なにぶん窮屈なこの身、こういった機会でもなければ、親しい者をもてなすことさえままなりません。ここは一つ、どうか目をつぶってはいただけないでしょうか？」

フィオナの懇願にも、使者の男は表情を変えることなく言う。

「心中お察しします。ですが……」

「それとも」

男の返答を、フィオナは遮った。

「どなたかに、何か申しつけられているのですか？」

「……何か、とは？」

「おや、この場で申し上げてもかまわないのですか？　うふふっ」

くすくすと、フィオナは笑う。

使者の男が顔を引きつらせる様を眺めながら、愉快そうに続ける。

「鼠は、沈みそうな船を見定めて逃げ出すそうです。あなたも乗る船は選んだ方が賢明ですよ」

「……」

「大丈夫。聖騎士を伴った皇女に迫られたと言えば、言い訳も立ちます。どうせわたくしのほかにもたくさんの妨害があったでしょうし、大した失態ではありません」

沈黙を保つ使者の男に、フィオナは続けて言う。

「わたくしに親切にしていただけるのであれば、悪いようにはいたしません。よぉく、考えておくことです。うふふふふ」

だが、

使者の男は、会話が途切れてからもしばらく黙ったままだった。

「……では、お任せいたしました。フィオナ殿下」

無表情のままそう言って軽く一礼すると、勅使は踵(きびす)を返し、どこかへ足早に歩き去って行った。

その後ろを、彼の従者たちがあわてて追っていく。

「セイカ様」

「うわっ」

間近で名前を呼ばれ、ぼくは驚いて後ずさった。

いつのまにか近くに来ていたフィオナが、どこかうずうずとしたような、満面の笑みとともに言う。

「思っていたよりも、ずっと早い再会になりましたね。またお会いできてうれしいですわ」

「……」

にこにこと機嫌よさそうなフィオナだったが、ぼくはなんと返したものか迷っていた。

なんといっても別れ際が別れ際だ。アミュを助け出すためとはいえ帝城を破壊し、彼女が善意でした事態収拾の提案を、ぼくは拒絶した。さらにはそれにもかかわらず逃亡のための馬車を用意してもらったうえ、諸々(もろもろ)の後始末まですべて押しつけてしまった。

本来なら警戒すべき為政者側の人間とはいえ、恩のある……というより、引け目を感じる相手だ。手紙のやり取りは一度あったものの、どんな態度で接していいかわからず、微妙に気まずい。

「なんというか、その……」

迷った末に出てきたのは、先ほどの素直な感想だった。

「……やっぱり、君は政治家なんだな」

「おや、うふふ。政(まつりごと)を為(な)す女はお嫌いですか?」

いたずらっぽく微笑(ほほえ)むフィオナに、ぼくは渋い表情で正直に答える。

「まあ、あまり得意ではないな……。騙し合いなどは苦手だから、どうしても身構えてしまう」

「うふふふふ」

しばらく空虚な笑みを浮かべていたフィオナだったが、唐突にぽつりと言った。

「なんだか、急にやめたくなってまいりました。政治家」

◆　◆　◆

帝城の中は、想像していたとおりの豪奢(ごうしゃ)な造りをしていた。

フィオナとともに通路を進みながら、ぼくは視線だけで周囲を見回す。

壁や柱には華美なほどの装飾が施され、燭台なども立派なものが使われている。どれだけの富が費やされたのか想像もできないほどだ。アミュたちも緊張を忘れて目を丸くしており、あちこちにある飾りや調度品を指さしては、こそこそ盛り上がっているようだった。

ぼくの感想も、彼女らのものと大差ない。

魔族領で見たどの王宮よりも、前世で見たどの城よりも、この帝城は壮麗だ。一年半前にここへ攻め込んだ時には、アミュの閉じ込められていた地下牢以外には立ち寄らず、城そのものの内部はネズミの視界で見ただけだったが、まさかここまでとは思わなかった。

それだけ、この国の力が強いということなのだろう。

しかしながら、暢気に帝城見学というわけにはいかない。

ぼくは傍らを歩くフィオナに話しかける。

「それにしても、いくらなんでも急じゃないか？　来て早々に皇帝に謁見だなんて」

「陛下が、そう望まれているのです」

前を向いたまま、フィオナが答える。

口ぶりは穏やかだが、その表情はやや硬い。

「元々そのような手はずになっていました。勇者の接遇を陛下の勅使から引き継いだことになっているわたくしが、当初の謁見の予定を乱してしまえば、他陣営に介入の口実を与えることになってしまいます」

「口実って、その程度で……」

「その程度のことが、政(まつりごと)の場では大事となるのです。これは、みなさんの身の安全にも関わります。先ほども、実は少々危ないところでした」

表情をわずかに険しくし、フィオナは言う。

「あのまま彼の手配に従って歓待されていれば、今夜の夕食あたりに毒を盛られていたでしょうから」

「えっ……」

後ろで聞いていたアミュが、困惑の声を漏らして絶句した。

フィオナは淡々と続ける。

「今回の勇者招聘は陛下の命ですので、謁見まではきっと手を出されないでしょう。しかしそれが済んでしまえばすぐにでも、反勇者の陣営が仕掛けてきてもおかしくありません。あの勅使も取り込まれていたようですし」

「……」

「今後、暗殺者が差し向けられる可能性もあります。特に屋外の移動時などには、多少の警戒が必要でしょうね」

短い沈黙の後、ぼくは口を開く。

「……どういうことだ？　手紙には、帝都に戻っても問題ないと書いていたじゃないか」

今回の帰還は、それが大前提となっていた。

この前提が崩れるならば……当然、早急に帝都を去ることも選択肢に入ってくる。

「ええ。ご心配なく」

しかしフィオナは、含みのある微笑とともに言った。

「その程度の企みならば、わたくしがどうにでもできますので」

フィオナは変わらない表情で続ける。

「先ほども見せたとおりです。事前に潰すことも、あるいは仕掛けられてから防ぐことも、わたくしには造作もありません。自らに向けられた殺意に対しても、これまでそのように対応してきましたから」

「……」

「加えて言うならば、反勇者陣営にはわたくしとは別の敵対勢力も存在します。弱体化した彼らにとって、他陣営の妨害をくぐり抜けることも容易ではないでしょう。もしかすると案外、何もしなくても平穏に過ごせたかもしれません」

……どうやら、手紙の内容は決して嘘ではなかったらしい。

話を聞く限りでは、確かに心配いらないように思えてくる。

「ですから、みなさまの帝都での身の安全については、本当に問題ないのです……陛下が敵に回りでもしない限りは、ですが」

話の終わりに、フィオナがそんなことをぽつりと付け加えた。

まるで冗談のようにも聞こえたが、ぼくはそれを笑う気にはなれない。

そのまま懸念を口にする。

「その割には、あまり余裕がなさそうに見えるな……ひょっとして、掴み切れていないんじゃないのか？　その肝心の皇帝が、アミュを呼び寄せた意図を」

フィオナがわずかに目を見開いて、こちらに顔を向けた。

ぼくは続ける。

「暗殺については、君の言うとおり心配いらないんだろう。だが一番重要なのは、やはりそこだ」

もしも皇帝が勇者の排除に動くならば、単なる貴族の派閥などではなく国家が敵に回ることになる。

帝都に呼び寄せ、精強無比と名高い近衛隊を動員して捕縛。そのまま処刑。仮にそんな目論見が裏で動いているのだとしたら、たまったものではない。

もちろん近衛隊程度ぼくにはどうということもないが、状況はずっと悪いものになってしまう。

未来視の力を持つフィオナのこと。てっきり皇帝の意図まである程度把握して帰還を促したのかと思っていたのだが……反応を見る限り、そうではないようだ。

「……はい。わたくしの力も、万能ではありませんから」

顔を前に戻し、わずかに語調を弱めながら、フィオナがうなずいた。

「しかし、国内外の情勢や議会の現状をどう考慮しても、陛下に勇者を排す意図があるとは思えません。反勇者派の勢いが衰えたこのタイミングで、帝国として正式に勇者を容認したいのだと考える方が自然です」

本来、それが当たり前なのですから。そうフィオナが付け加える。

王宮や議会に渦巻く複雑な力関係はわからない。

だが彼女がこう言っている以上は、少なくとも今の状況はアミュにとって悪いものではないのだろう。

であるならば、皇帝が自ら勇者を招聘し、アミュの存在を議会や貴族社会に認めさせてしまうことは理に適っているように思える。容認が今になったのも、反勇者派閥が弱体化し、反発の声が上がらなくなる時を待っていたと考えると辻褄が合う。

今回の謁見で、ぼくたちの状況がよくなる可能性は確かに高い。

「……」

だが、確証はない。

そこだけが気がかりだった。

「あの、ねえ。よくわかんないんだけど……もしかしてこれ、あたし次第なところ、ある？」

後ろを歩くアミュが、唐突に硬い声で言った。

ぼくとフィオナがそろって後ろを振り返ると、彼女は表情をこわばらせたまま続ける。

「下手なこと言って怒らせちゃったりしたら、やっぱりまずいわよね……あたし、お貴族様の礼儀作法とかよく知らないんだけど、大丈夫かしら……？　格好も、もっとちゃんとしてきた方がよかったかも……」

自らの服を見下ろしながら不安そうに言うアミュに、フィオナが安心させるように微笑む。

「大丈夫です。陛下に対し、市民がそう畏まる必要はありませんよ。皇帝とは、貴族のような存在ではないのです。礼儀も、アミュさんがきちんと敬意をもって接すればそれで十分。心配いりません」

「そうなの……？　ううん、でも……なんか不安なのよね。あたし学園でも、お貴族様の子供には目の敵にされたりしてたから……」

「それは君が入学当初ツンツンしてたせいもあっただろ」

「別方向で学園デビューに失敗してたあんたに言われると腹立つわね」

ぼくを睨んだアミュが、次いでフィオナに顔を向けて訊ねる。

「ねえ、皇帝陛下ってどういう人？　怒りっぽかったり、冒険者が嫌いだったりはしない？」

問われたフィオナは、一瞬迷うような表情を浮かべた後、微笑とともに答える。

「どう、でしょう……？　少なくとも、声を荒げているところは見たことがありません。特定の人々に偏見や差別意識があるとも、思えませんが……」

フィオナはわずかに言葉を切り、言いにくそうに付け加える。

「……正直なところ、よくわからないのです」

「……？　皇帝陛下って、フィオナのお父さんなのよね」

アミュが不思議そうな顔をする。

「それなのに、どんな人かわからないわけ？」

「……父といっても、長い間離れた場所で暮らしていました。世間で言う、親らしいことをしてもらった記憶もありません」

「そう……。悪かったわね、知らずにそんなこと訊いて」

「ただ」

気まずげな顔をするアミュだったが、まるでそんなことはどうでもいいかのように、フィオナは険しい表情を浮かべて言った。

「たとえそうでなかったとしても——陛下を理解することは、きっとできなかったと思います」

◆◆◆

謁見の間は、廊下などよりもはるかに豪奢な造りをしていた。

天井の高い、広大な一室。床には鮮やかな赤の絨毯が敷かれ、つやのある布で飾られた大きな窓からは、高価な板ガラスを通して陽光が差し込んでいる。

内装ももちろんだが……特にこの城の主が座す玉座などは、金で彩られていることからもわかるとおり、相当な贅が凝らされているのだろう。

ただし、肝心の主——皇帝は、いまひとつぱっとしない男だった。

ぼくは思わず、眉をひそめて小声で呟く。

「この男が……？」

ウルドワイト帝国皇帝、ジルゼリウス・ウルド・エールグライフ。

　その男が纏う雰囲気は、想像とはずいぶん違っていた。

　まるで凡庸そのものだ。褐色の髪に、中肉中背の背格好。醜くもなければ特別端正とも言えない顔立ち。印象に残るものが何もない。

　さすがに皇帝だけあって、髪も口髭も丁寧に整えられている。だが、それが威厳や気品を生んでいるわけでもない。雑踏ですれ違ったならば、次の瞬間には忘れてしまいそうな、平凡な男。たぐいまれな指導者や為政者が持つような雰囲気らしいものがまったく感じられない。ごく普通の、中年男といった様子だ。

　身構えていたぼくは、少々拍子抜けしてしまった。

「あのっ」

　皇帝の前に立つアミュが、一歩進み出て言う。

「アミュ、です。仲間と共に、参りました」

　ちらと、その横顔を見る。

　さすがに緊張しているのか表情は硬かったが、それでも若草色の瞳はしっかりと皇帝を見据えていた。大丈夫そうだ。

　一応他の二人の方も横目で確認する。メイベルは、一見するといつもどおりだった。ただ彼女はあまり顔に出ないタイプなので実際どうかはわからない。イーファは……ダメそうだった。あの様子だと、仮に何か訊かれてもまともに答えられそうもない。

まあしかし、この場での主役はあくまでアミュだ。そんなことにはまずならないから問題ないだろう。

アミュだけでなくぼくたちまでこの場に立っているのは、そもそも招聘が『勇者一行』という名目でなされたためだった。

その意図はわからない。勇者本人はともかく、その仲間などほぼ部外者のようなものだ。皇帝が会う意味があるとは思えない。

ただ、意図こそわからないものの……ぼくとしては大いに助かっていた。

この場で何かあっても、すぐに介入できる。

「ふむ」

その時、皇帝が相づちのような声を漏らした。

それからわずかに微笑むと、穏やかな声音で言う。

「そう畏まらなくても大丈夫だよ。皇帝は、貴族とは違うからね」

皇帝は、まるで知人の子供に話しかけるような口ぶりで続ける。

「よく勘違いされるのだけど、皇帝とは貴族のような支配者ではない。あくまで君たちと同じ市民、ただその先頭に立つ者にすぎない」

「あたしたちと同じ……？」

「建国の逸話は知っているかな？」

皇帝の問いに、アミュが恐る恐るうなずく。

「民衆から立った英雄が、この国を作ったたって……」

「そのとおり。魔族の脅威を前に立ち上がった一人の英雄とその仲間たちが、そのまま当時の支配者からも独立を果たし、自らの国を作った。それがこのウルドワイト帝国だ。無論、初めは帝国ではなく、王国だったけれどね」

教え諭すように、皇帝は続ける。

「今各地を治めている貴族たちはその多くが、帝国がかつて併合した国や地域の支配者の末裔だ。王や部族の統領、あるいは盗賊の頭など。彼らが偉ぶっているのは、その血筋によるところも少なからずある」

「へぇ……そうだったのね」

「だが、皇帝とその一族は別だ。元がただの一市民だからね。貴族の先祖たちを打ち倒してきた歴史がある以上、彼らを支配する背景はある。けれど、市民までをも支配する背景は、実はないんだ。ぼくたちは彼らの中から立ち上がり、先頭に立った者でしかないのだから」

皇帝はふと笑って言う。

「先々代の皇帝が治めていた頃は、まだ市民の間にもそのような意識が強く残っていてね。様々な人々が帝城まで陳情に訪れていた。中には、大きな声で怒鳴りつけるような人もいたんだ。皇帝をだよ？　ぼくもまだ小さい時だったけれど、謁見の間の外まで響く罵声と、祖父の疲れたような顔はよく覚えている。皇帝とはなんと大変な仕事なのかと思ったよ」

いつの間にか。

ぼくたちの間に漂っていた緊張の雰囲気は、すっかり失せていた。

アミュはもちろん、がちがちに緊張していたイーファも、自然な表情で皇帝の話に聞き入っている。

「だから、そう畏まる必要はないんだ。むしろ、ぼくの方が緊張しているかもしれない。なんと言っても……あの、伝説に語られる勇者を目の当たりにしているのだから」

そう言って皇帝が微笑むと、アミュがいまいち当事者感のなさそうな顔で、はぁ、と気の抜けた返事を返した。

「剣も魔法も、さぞ上手に扱えるのだろうね」

「えっと……そんなことない、です。あたしより強い人なんて、たくさんいるから」

「ふむ、強者(きょうしゃ)の世界は想像がつかないな。皇族や貴族は魔力に恵まれるとは言うけれど、実のところそれをうまく扱える者はまれだ。ぼく自身、きっと最弱のモンスターにだって手も足も出ないだろう」

皇帝は穏やかな笑みを浮かべたまま、続けて言う。

「魔族の脅威のない、平和な時代でよかったよ。とはいえ……勇者としては、少々力を持て余してしまうかな?」

「陛下」

ぼくは、思わず口を挟(はさ)んだ。

これはあまり、よくない流れのような気がする。

「僭越ながら――――アミュの、ひいてはぼくらの沙汰の次第を、まずはお訊きしても？」

イーファとメイベルが、ぎょっとしたようにこちらを見た。まさか、わざわざこちらから触れるとは思ってもみなかったのだろう。

アミュは一年半前、帝城の一角に拘禁されていたところを逃げ出している。

魔族領からの特使を殺害したなどという、ありもしない罪をでっち上げられた結果であるものの、それでも地下牢から逃げ出したのだ。帝国として、さすがにうやむやにできる事案ではない。

とはいえ、何も自分から話題にあげることはない。なかったことにしてもらえるのなら好都合なのだから、何か言われるまで黙っておけばいい。

それでもこの話題を切り出したのは――――どうにも嫌な予感がしたからだ。

先ほどから皇帝は、事前に予想していた重要な話題に一切触れない。

前世の経験上、為政者がこのような話し方をする時は……たいてい悪い展開になる。

「沙汰？」

皇帝はわずかに首をかしげ、ぼくの言葉を繰り返した。

「ああ、あのことか。まったく、君たちも災難だったね」

まるで今思い出したかのように、皇帝は言う。

「大丈夫。『魔族領からの特使』などという存在がありえないことは、ぼくも他の者たちもちゃんと理解しているよ。アミュ君の罪が、勇者拘束の建前にすぎなかったこともね。勇者の力を脅威に思ったハンス君……グレヴィル侯爵が、国を憂うあまり先走ってしまったみたいなんだ。本当にすまない」

「……」

「おかげで君たちにはいらない苦労をかけてしまった。学園を離れての生活は大変だっただろう。そちらの三人は、元々アミュ君の学友ということだったね。帝国に代わり、人間の英雄たる勇者を支えてくれて感謝するよ」

「……」

「実のところ、アミュ君のことは翌日の議会を待って釈放するつもりだったんだ。ぼくの一存でその日のうちに出してあげることもできたんだけど、何分夜だったし、ハンス君には議会でしっかりと責任をとってもらいたかったからね。それもあって、君には一晩我慢してもらうことにしたんだけど……それがまさか、あんなことになってしまうなんてね」

皇帝は小さく溜息をつくと、気遣うような目をアミュに向ける。

「大丈夫だったかい？」

「……はい」

アミュが、しっかりとうなずいて答える。

「周りが大きく揺れて、鉄格子が歪んだので、出られました。外にはたくさんの人が倒れていて……城門もなくなっていたので、ただごとではないと思い、そのまま逃げました」

アミュとは、逃亡時の出来事についてどう答えるか、事前に打ち合わせていた。

この話題にならないわけがないと思ったからだ。フィオナの隠蔽工作とも、矛盾がないようにしている。

「無事だったならよかった」

皇帝が微笑む。

逃亡時の状況はアミュしか知らない、重要な情報であるはずなのだが……皇帝はどこかどうでもよさそうだった。

「一応訊きたいのだけれど、下手人の姿は見なかったかな？」

「いえ……」

「そうか。実は、先の帝城襲撃は強大な魔族が起こしたと言われていてね。ただ、その正体がまるでわからないんだ。応戦した兵に死んだ者はいなかったんだが、なぜか全員、その時の記憶をなくしている。城内から遠目で見た者が、小柄な背格好だったと証言した程度で、それ以外の一切が不明だ。君なら見ているかと思ったのだけれど、残念だよ」

言葉とは裏腹に、皇帝の声に残念そうな響きはまるでなかった。

ぼくの正体が露見していなさそうな点は、素直に喜ばしい。だがそれにもかかわらず、嫌な予感は増していく。

皇帝は、小さな嘆息とともに言う。

「戦争のない平和な時代とはいえ、世の中に脅威は絶えない。未だに帝国が数十万もの兵力を維持していることからもわかるように、国家には暴力が不可欠だ。平和を守るための暴力が」

皇帝はまるで、世間話のように続ける。

「そこで、アミュ君。市民の先頭に立つ者として、勇者たる君に助力を乞いたい」

「えっ……あたしに？」

アミュが戸惑ったように目を瞬かせる。

ぼくは悟る。この内容こそが謁見の本題であり、アミュを呼び寄せた目的なのだ。

「西方で起こっている反乱を、鎮めてほしいんだ」

皇帝の口調は、近所への使いでも頼むかのようなものだ。

だが聞いたぼくは、思わず歯がみしてしまった。

「君のその、勇者の力をもってね」

どうやら、想像以上の厄介事に巻き込まれようとしている。

「反乱……？」

アミュは困惑したように、皇帝の言った言葉を繰り返した。

「いつの時代も、国家が悩まされてきたものの一つさ」

皇帝が小さく嘆息しながら言う。

「帝国だって例外じゃない。建国から今に至るまで、数限りない反乱があった。たくさんの国を併合してきたのだから、当たり前と言えば当たり前だけれどね。ただ、最後の国を併合してもう久しく、ここ百年ほどは争いのない平和な時が続いていた。まさかぼくの代になってこんなことが起こるなんてね」

語る内容とは裏腹に、皇帝の声音にはまるで日常の愚痴をこぼしているかのように重さがなかった。

ぼくは眉をひそめながらも、つい口を開く。

「恥ずかしながら、東方の辺境都市にいたためか、西方の反乱については聞きおよんでおりませんでした。恐れ入りますが詳細をうかがっても？」

「詳細は後に、官吏の者から説明させよう。すまないが、この場では概要だけにとどめさせてもらうよ」

そう言って、皇帝がぼくに目を向けた。

内心のうかがえない、褐色の瞳。

じわりと警戒心がにじむ中、皇帝が口を開く。

「きっかけはそこまで珍しいものじゃない。北西のとある辺境都市で、鉱山や農園で働いていた奴隷たちが蜂起したんだ。彼らは奴隷主を殺すと、そのまま町を掌握。やがてそこを出て南に向かいながら、小さな集落などを襲っていった」

「……」

ぼくは口をつぐんで考え込む。

奴隷の集団が反乱を起こすことは、そう珍しくない。前世でも、転生してからも、小規模な例なら何度か聞いたことがあった。

だが……それが国を巻き込む規模にまで発展する例は、かなり少ない。

「それとは別に」

なんでもないことを付け加えるかのように、皇帝が続ける。

「それよりも南方の都市で、ソゾ教という新興宗教の信徒たちが蜂起した。主に貧民の間で広まっていた宗教だったが、集団になって怪しげなことをしていたせいか、西方ではずいぶんと弾圧されていたようでね。彼らも同じように一つの町を武力で掌握すると、北へ向かいながら小さな村や町を襲い始めた。そして……奴隷たちの集団と合流し、一つになったんだ」

「……は？」

「今や、数万という規模の暴徒の集団となってしまっている。地方都市が動員できる武力ではとても制圧できず、小さな城塞都市さえも落とされる始末だ。参ったよ」

皇帝の軽い口調や仕草とは裏腹に、語られる内容は衝撃的なものだった。ぼくは思わず絶句してしまう。

宗教の信徒が反乱を起こす例も、ないことはない。

だが、蜂起した奴隷などというまったく性質の異なる集団と合流し、一つの大勢力を形作るなど、これまで聞いたことがなかった。

そのようなことが起こりうるのだろうか？

「……信じられません。暴徒とおっしゃいましたが、都市を落としているからにはある程度秩序だった軍事行動がとれるということですか？　彼らの拠点などは？　数万人分の食糧はどこから？　彼らの指導者はいったいどのような人物なのですか？」

「詳細は後に官吏から説明させる。ぼくはそう言ったよ。彼らからゆっくり話を聞く方が、君も望む答えを得られるだろう」

口調こそ穏やかだが、明らかに突き放すような物言いだった。

ぼくはわずかに目を伏せ、言う。

「失礼しました。それでは、一つだけ――どうして帝国軍ではなく、アミュを頼ろうと？」

皇帝は無言のまま、続きを促すような微笑を浮かべている。

目を鋭くしながら、ぼくは続ける。

「その反乱が事実なら、もはや国をあげて鎮圧すべき事態です。であるならばここは当然、軍を動員する場面でしょう。少なくとも……一人の少女に頼る場面じゃない。勇者の力に期待しているのかもしれませんが、たとえ全盛期の勇者であったとしても、数万もの暴徒を制圧するなど不可能なはずですよ」

「……まったく、耳が痛いね」

皇帝は苦笑する。

その仕草にはどこまでも、事態の重みを感じている気配がない。

「君の言うとおりだよ。ぼくも、できるならば軍を派遣したい。だけど、そういうわけにもいかない事情があるんだ」

皇帝は続ける。

「ここ百年ほど平和が続いたせいで、歴代の皇帝たちは徐々に帝国軍を縮小させていた。武官が力を持ちすぎても困るし、何より兵は金食い虫だからね。おかげで出費は抑えられたのだけれど、その代わりに戦力的な余裕はなくなってしまった」

この段階ですでに、話の予想がついた。

皇帝は続ける。

「この場合の余裕とは、つまり不測の事態に動員できる余剰の兵力のことだ。帝国は数十万の軍を抱えているが、国境などに配置しなければならない分を差し引くと、余剰といえる兵力はほとんどない。今すぐ動員できるのは五千といったところだね。数万を相手するには、さすがに心許ない」

「……」

「無論、だからといって軍を派遣しないつもりはないよ。今は各駐屯地に対し、兵の拠出を要請しているところだ。ただ、当然武官連中は渋るだろう。なんとか兵が集まっても、それから部隊をどう編制するか、誰に指揮を執らせるか、そういった事柄を決定し、議会で承認を得なければならない。とにかく時間がかかるんだ」

やれやれといった様子で、皇帝は言う。

「しかしそうは言っても、今起こっている反乱を座して見ていることなどできるわけがない。無辜の民が苦しんでいるんだ。皇帝として、ぼくは彼らを救う義務がある。だからこそ――君を頼りたいんだ、アミュ君。勇者として、帝国の助けになってくれないか」

そう言って、皇帝はアミュに笑いかける。

ちらとアミュを見ると、迷うような顔をしていた。

「でも、あたしなんかが……」

「反乱を完全に鎮圧しろだなんて、無茶なことは言わないよ。君には軍の派遣が間に合うまで、彼らを押しとどめてほしいんだ。ああもちろん、君一人ではなく、仲間たちと共にね。君たち四人を招聘したのは、協力してこの国難に対処してほしかったからなんだ。なかなかの実力を持った冒険者パーティーなのだと、風の噂で聞いているよ」

皇帝がぼくらにも笑みを向ける。

アミュだけではなく勇者一行という名目で招聘したのは、そのような目論見だったためらしい。

「もっとも、一人でいいというのならそれでもかまわないけれどね。必要なものがあればなんでも言ってほしい。人でも物でも、望むものを用意しよう」

数万の軍勢を前に、多少頭数が増えたり装備が整ったりしたところで大差はないだろう。

表情を険しくしながらぼくは問う。

「アミュに望んでいるのは、帝国軍派遣までの時間稼ぎ。そういうことですか？」

皇帝は、なんとも形容しがたい笑みとともに答える。

「それ以上のことをしてもらえるのならば、ぜひしてもらいたいのだけれどね。反乱軍を蹴散らせるのならそれに越したことはない。彼らに今、大きな動きはないが……この帝都へ侵攻してくる可能性だってある。本当なら、時間稼ぎなどと言っている場合じゃないんだ」

仮に帝都が陥落（かんらく）してしまえば、ウルドワイト帝国そのものが崩壊しかねない。

単なる反乱軍といえど、数万という数はその可能性を危惧（きぐ）せざるをえない規模だ。

そろって沈黙するぼくらに、皇帝は軽い調子で言う。

「とは言っても、そう心配はいらないよ。帝都の防衛は強固だし、そもそも反乱の地からここまではかなり距離がある。現実には、たどり着くことも難しいだろう」

横目でちらと見ると、イーファとメイベルがほっとしたような表情をしていた。

「しかし、他にも重要な大都市はいくつかある。特に比較的近い位置にある、峡谷（きょうこく）の街テネンドなどはまずいね。万が一にもあそこを攻め落とされでもしたら、帝国にとって途方もない損失だ。これはなんとしても防がなければならない」

皇帝は、まるで冗談を言うように付け加える。

「もしもの時には、街にかかる橋を落としてくれてもかまわないよ。もう修繕も難しいほど古くなっていたし、後で国費を使って直してあげられるからね」

「はあ……」

呆（ほう）けたような返事をするアミュ。

ただその表情を見る限り、話の内容を理解していないわけではなさそうだった。

どちらかといえば……本題の返事に、迷っているようにも見える。

皇帝の要請を聞き入れ、反乱鎮圧に向かうべきか、否か。

まずいと思い始めた矢先、皇帝が再び口を開く。

「市民に怒鳴られる祖父を見て、幼少期のぼくはそれこそが皇帝の仕事なのだと思い込んだ。けれど、実際のところは違った。国家には解決しなければならない課題がたくさんある。隣国に魔族にモンスターの脅威、産業に経済に福祉問題、貴族の派閥争いに民の不満、あとは古くなった街道や水道の整備とか、次の皇帝を誰にするかとか……。皇帝はこれらのすべてについて決定し、責任を負わなければならない立場にある。それは、市民に怒鳴られるよりもずっと大変なことだった」

悩める勇者に、皇帝は語りかける。

「それらの課題のほとんどについて、ぼくは素人だ。大工仕事などしたこともないし、民の生活も知らなければ、商売にも明るくない。敵が来ても、戦うことなどできない。ぼく一人では何もできないんだ。それにもかかわらず、皇帝はすべてを解決しなければならない」

「……」

「ではどうするか……人に頼るのさ。ぼくが苦手なことを、得意な人に頼る。無能な一人の人間を、大勢の者たちが自分の得意分野で支えて、そうやって国は成り立っているんだ」

皇帝が、勇者に笑いかける。

それはまるで、旅立ちを促しているかのようだった。

「アミュ君――君の得意なことで、この大きな国を支えてはくれないだろうか」

◆◆◆

謁見後。

ぼくらは帝城敷地内にある、要人滞在用の離れを訪れていた。

そこは普段、フィオナが住んでいる場所なのだという。

謁見が終わるやいなや、ぼくらは官吏の案内を断って、彼女に密談できる場所を頼んだのだ。

「どうなっているんだ」

そこでぼくは、フィオナに言い募っていた。

自分でも余裕がなくなっているのがわかる。

だが、それだけの状況だ。確認しなければならないことがいくつもある。

「聞いてないぞ、アミュに反乱をなんとかさせようだなんて。こんな命が下るとわかっていれば、帝都になど戻らなかった」

「……わたくしも、予想できませんでした」

フィオナが険しい表情で、口元に手を当てながら言う。

「反乱のことはもちろん把握していました。軍の派遣が遅れていることも。ただ……まさか、アミュさんを向かわせる腹づもりだったとは……」

フィオナは考え込むような仕草をした後、ぼくらに問う。

「それで、陛下にはどのような返答を?」

フィオナの問いに、メイベルとイーファが顔を見合わせて答える。

「セイカが、なんか難しいこと言って誤魔化してた」

「えっと……事が事だから熟慮（じゅくりょ）させてほしいってことを、セイカくんが皇帝陛下に……」

「ああ……よいですね。それで陛下にすんなり帰してもらえたなら、それは朗報です」

そう言って、フィオナはわずかに安堵するような表情を見せた。

再び考え込む彼女に、ぼくは問う。

「反乱が起こっていること自体、ぼくらは初耳だった。皇帝から聞いた内容は少し信じがたいようなものだったが……本当に奴隷と信徒の反乱など起こっているのか？」

「ええ」

フィオナはうなずいて答える。

「帝都にまで正式に情報が届いたのは、半月ほど前になるでしょうか。それぞれ最初の反乱が起こったのは、ほぼ同時期。合流してからの勢力は二万から三万ほどのようですが、現在ではいくつかの集団に分かれています。制圧した街を拠点とし、食糧などは略奪によって調達しているようです」

「……そうか」

異なる大規模な反乱が同時期に起こるとは、運がない。帝国としても、ぼくらとしても。

もしかすると、ぼくが似たような例を知らないのも、単にこんな不幸な偶然はなかなか起こるものではないからなのか。

ぼくは続けて問いかける。

「城塞都市が陥落しているとも聞いたが、なぜそんなことが起こった？　普通は城門を閉ざしてしまえば、反乱軍にはどうすることもできないだろう。攻城兵器を入手し、運用できるだけの指揮系統が存在しているとでも言うのか？」

「それは……現時点では、なんとも」

フィオナが、わずかに目を逸らして答える。

「特定の指導者の存在は明らかになっていませんが、一定の指揮系統は存在するものと思われます。ただ、攻城兵器が奪われているとは考えにくいので……おそらく、内通者に城門を開けさせる、などの手段を講じたものと」

「ああ、なるほど」

それならば、ありえそうに思える。奴隷や平民の集団なら、そういった手も使いやすいだろう。

徐々にだが、フィオナと話すうちに全容が掴めてきた。初めに聞いた印象ほど、奇妙な反乱ではないのか。

ただ……だからといって事態が改善するわけではない。

ぼくは重い溜息をついて言う。

「せめて……あと半年ばかり、宮廷から隠れられていればな。その頃には反乱もとっくに鎮まっていただろうに。時間の問題ではあったんだろうが、まさかこんなに早くに見つかっていたなんて……」

「……それに関しては、セイカ様の行いもあるかと思いますが」

「え？」

思わぬ返答に、ぼくは目を瞬かせてフィオナを見た。

こちらにじとっとした視線を向けながら、フィオナは言う。

「みなさん、ラカナでは本名のまま冒険者をされていましたよね」

「え……あっ」

「普通、学のない咎人(とがにん)や逃亡奴隷だって、偽名を使うことを考えつくと思うのですが」

「そ、それは、その……うっかりしていたというか……」

思わずフィオナから目を逸らしながら、ぼくは言い訳のように言う。

もう完全に、その発想がなかった。というより、居場所がバレてもラカナにいれば大丈夫なのかと思い、その辺りにまったく気を配っていなかった。

フィオナはどこか恨(うら)みがましげに言う。

「傘下(さんか)の商会経由で情報が流れてきたときは焦(あせ)りました。ラカナには人の出入りもあるのですから、目立てば噂になります。一応の対策として、他の都市にもアミュという名の冒険者の噂を流しておいたのですが……スタンピードが決定的でしたね。帝都にはセイカ様たちの名前までは届いていませんでしたが、陛下は自身の情報網でみなさんの活躍を掴んだことでしょう」

「う……」

「まあ、偽名についても事前に言い含めておかなかったわたくしにも責任があります。スタンピードも当初は視(み)えなかったことですので、仕方ありません」

「あ、ああ……申し訳ない」

謝りつつも、あまり責められずに済みそうでほっとしていると、フィオナが続けて訊ねてくる。

「ちなみにですが、ラカナからは出ていませんよね？」

「……。ええと」

「……まさか？」

「一度ケルツまで……冒険者の仕事に……」

「はい!?」

「い、いや、といっても一ヶ月くらいだから……」

「……他には？」

「ほ、他には……」

目を泳がせながら嘘をつく。

「……行ってない。どこにも」

フィオナが盛大に溜息をついて言う。

「気を緩めすぎです。追われる身だったのですから、くれぐれも注意してください。もう遅いですが」

「……申し訳ない」

謝りつつ、再び内心で胸をなで下ろす。

どうやら、魔族領にまで立ち入ったことは知られていないようだった。

未来視の力でバレていてもおかしくないと思ったのだが、この先もフィオナに発覚することはないということなのか、あるいは発覚の場面をまだ視られていないだけなのか……。もし後者だとすれば、この先が若干怖い。

ぼくは頭を振って思考を振り払った。今はそれよりも重要なことがある。

軽く咳払いして口を開く。

「は、話を戻すが……皇帝は、どうしてアミュに反乱の対処なんて命じるんだ？　帝国軍の動員が一筋縄ではいかない事情はわかるが、それにしても傭兵を雇うとか、他に手段はいくらでもあるはずだろう。勇者一人の力が、大軍に匹敵するとでも思い込んでいるのか？」

「……わかりません」

フィオナは難しい顔になって目を伏せる。

「陛下のことですから、その辺りを見誤ったりはしないでしょう。何か目論見があるのだとは思いますが……わたくしには、なにも」

「君の、未来視の力を以てしてもか」

「……ええ」

フィオナは微かにだが、はっきりとうなずいた。

「おそらくですが……陛下は、わたくしの未来視を対策して動いている気がします」

「未来視を、対策……？」

ぼくは思わず眉をひそめる。

「そんなことができるのか？」

「この力は、決して万能ではありませんから」

フィオナが続ける。

「わたくしが未来永劫知り得ないことは、決して知ることができません。自らの体験ではなく、伝聞の形で得る情報も、詳細を知ることが難しくなります。これら以外にも、弱点はあるのですが……陛下は対策となる行動を組み合わせ、自らの企みの露見を防いでいるようなのです」

「少し信じがたいが……どうしてそうだと？」

「陛下に関わる重要な未来を、これまで事前に知ることがほとんどできなかったためです。不自然なほどに。今回の件も、そうでした」

そう言って、フィオナは唇を引き結ぶ。

今話し合っているこの場面も、フィオナは視ることができなかったのだろう。

それがどういった手段によるものなのかはわからないが……つい先ほど、ぼくの魔族領進入を隠し通せたことからもわかるように、未来視でも全知はなしえない。何らかの対抗手段があっても不思議ではないだろう。

少なくとも言えるのは、彼女の力に頼ってなんとかなる相手ではないということだ。

「……皇帝陛下、優しそうな人に見えたんですけど……」

イーファが、ためらいがちに口を開く。

「やっぱり……見た目どおりの人じゃないんですか？」

「……そう、ですね」

　フィオナが力なく笑って言う。

「陛下がどのような人間なのか……真に理解している人間はいないと思います」

　まるで自らに説くように、フィオナは続ける。

「陛下は先帝の死をきっかけに、若くして即位しました。先帝は元々、養子を後継者としていましたが、その養子も急死してしまい、陛下に帝位が回ってきたのです。満足な基盤もないまま即位し……以降、誰の傀儡（かいらい）になることも、心労や凶刃（きょうじん）に倒れることもなく、二十年以上にわたって皇帝として君臨し続けています」

「それって、すごいこと？」

　今ひとつピンと来ないのか、メイベルが首をかしげて訊ねた。

　わずかに苦笑して、フィオナが答える。

「ええ。皇帝の地位は過酷です。歴史を紐解（ひもと）けば、心労がたたり病に倒れたり、議員や貴族との対立の末に暗殺されてしまった例は少なくありません。二十代という若さで即位し、大きな失態もなくこれまで皇帝を続けてきただけでも、普通ではないとわたくしは思います」

「ふうん……」

「加えて言えば……陛下は、腹心と呼べるような者を一度もそばに置いたことがないそうです。誰に対しても一定の距離を保ち、常にあのような態度をとっているのだと聞きます。即位から、これまでずっと」

「……」

君主とて人間だ。時には弱みを見せ、助言を必要とし、有能な部下に頼りたくなることもある。

普通は。

信頼できる腹心を持たず、背後に操る者もないまま、自らの力だけでこの大帝国の政（まつりごと）をこなし続けているとなれば、確かに尋常（じんじょう）な君主とは言いがたい。

「ちなみにですが……距離をとっているのは、肉親に対しても変わりません。実子である三人の皇子に対しても、わたくしに対しても、陛下は同じように接しています」

「……皇妃は、たしか十八年前に亡くなったんだったか」

「ええ」

ぼくが訊ねると、微笑とともにフィオナはうなずく。

「以降は再婚することもなく、愛人のような者もいなかったと聞きます……わたくしの、母を除いては」

「……」

「陛下を真に理解する者がいたとすれば、皇妃か、わたくしの母か、そのどちらかだったのではないでしょうか……今となっては、それを確かめる術（すべ）もありませんが」

「……」

初めに皇帝を見たときは、為政者らしい雰囲気のない、ぱっとしない男という印象だった。

だが考えてみれば、ただの凡夫（ぼんぷ）がこの大帝国を二十年以上にわたって治められるわけがない。

ぱっとしないという印象自体が、異常だとも言えた。

再び重い溜息をつく。

どうやら、想像していたよりも厄介な相手のようだ。

やはり為政者と関わるのは面倒に過ぎる。

「……まあ、今の問題は皇帝の要請をどうするかだな」

気を取り直すようにぼくが呟くと、フィオナが即座に言った。

「断ってしまってかまわないでしょう。いえ、断るべきです」

ぼくは意外に思って目を瞬かせると、彼女に訊ねる。

「断って大丈夫なのか？」

「ええ。陛下が断らせないつもりならば、謁見の場でアミュさんをうなずかせていたでしょうから。そもそも議会を経ていない皇帝の個人的なお願いを、市民が聞き入れる義務はありません」

「……そういうものか」

フィオナの言葉に、ぼくは少しほっとする。

皇帝も、本気でアミュに反乱を解決してもらうつもりはなかったということだろうか。

フィオナは真剣な表情のまま続ける。

「今回の要請は、わたくしにも異常に思えます。反乱に帝国が手を焼いているのはたしかですが、勇者とはいえ、官吏ですらない一市民に重責を負わせるべき事態ではありません。明日、陛下へ断りの返答をいたしましょう。以降の手配は、わたくしが……」

「待って」

その時口を挟んだのは、ずっと黙っていたアミュだった。

皆の注目を集める中、彼女は言う。

「あたし……行ってもいいわ」

「……は？」

「あたしの力が必要なんでしょ？　困ってる人がいるなら、助けに行ってもいい」

「いや君……何言ってるんだ？」

ぼくは思わず唖然としながら言う。

「反乱軍は数万の規模なんだぞ。君が行ったところで何もできない」

「街が狙われてるんでしょ」

アミュが言い返す。

「平地で、反乱軍を全員ぶっ飛ばすようなことはできないけど……でも、街に籠もって守ることはできるじゃない。ラカナの時みたいに。あたしの力が、少しでも役に立つのなら……」

「いやいやちょっと待て。君、いったいどうし……」

どうしたんだ、と言おうとして、ぼくは気づく。

アミュはどうもしていない。ラカナでスタンピードが起こったときも、ルルムが捕まりそうになったときも、この子は困っている者に味方して強大な敵に立ち向かおうとしていた。

まるで、勇者の血がそうさせるかのように。

頭を抱えたくなる。これまでは、多少の無茶もなんとかなってきた。だが今回の件は、とてもこれまでと同じようにはいかない。

　フィオナも困惑したように言う。

「あの、アミュさん……。心配いりませんよ。今回の反乱にはわたくしも思うところがあり、裏で聖騎士を動かしているところです。きっと、すぐに解決しますから」

「でも、侵攻に遭おうとしている街はきっと今も助けを必要としてるんでしょ？　数万の反乱軍も、今はいくつかに分かれているのよね？　そのうちの一つを相手にするくらいなら、あたしでもきっと力になれるから」

「いい加減にしろ。無茶を通り越して無謀だぞ」

「なにが無謀なのよ。ラカナの時、あたしちゃんと役に立ってたじゃない」

「……」

　役に立っていた。それは事実だ。この子の奮戦のおかげで戦線が持っていたところは少なからずあった。仮に今侵攻に遭っている都市に加勢したとしたら、きっとあのとき以上に活躍できるだろう。

　だが、そういう問題ではない。

　ぼくは目を細め、静かに言う。

「……死ぬかもしれないんだぞ」

「そんなの、今さらじゃない。冒険者やってれば危険なんていくらでもあったでしょ」

「違う……敵の人間が、死ぬかもしれないと言ってるんだ」

ぼくはアミュをまっすぐに見つめ、問いかける。

「君、人を殺したことはあるか」

「……ないけど。でも別に、悪いやつをやっつけるくらい……」

「大したことないか？　そうだ、大したことない。屑のような人間を死体に変えたところで、君自身は何も変わりはしないだろう」

初めて人を呪い殺した時も、ぼく自身は何も変わらなかった。

ただ、知っただけだ。

人を殺すなど、大したことはないのだということを。

「だけど……知らない方がいいこともある。悪人でも人の命は尊いのだと、勘違いしたまま生きていけるのなら、その方がずっといい」

「はあ？　なにそれ。バカにしてるの？」

目つきを鋭くするアミュに、ぼくは続けて言う。

「それに、一度政治の場に関われば、必ず次があるぞ。皇帝の要請を受けて勇者がその力を振るったと、有力者の間で噂が広がるだろう。他の者も目を付け始める。君がどれだけ望まなくとも、政争に巻き込まれかねない。それでもいいのか」

「…………よくない」

「なら……」

「よくない……けど、でもっ」

アミュが顔を上げ、強く言った。

「でもそれは……今困っている人たちには、関係ないことじゃない」

「っ……」

「人間相手に殺し合いなんてしたくないし、政にも関わりたくない、けど……そんな理由で、助けられる人たちを見捨てたくないわよ」

あまりの頑なさに、ぼくは閉口する。

一方で、頭の片隅には疑問が浮かんでいた。

この子は、果たしてここまで正義感の強い子だっただろうか？　この子の性格からして、かつて住んだ街が攻められようとしているのなら、こう言い出すのもわからなくはない。

だが、見ず知らずの者を助けるために軍勢に挑もうとするほど、現実の見えていない子ではなかったと思うのだが。

ぼくはいらだちを覚えながらも、アミュにはっきりと告げる。

「ぼくは反対だ。行くべきじゃない」

「じゃああんたは来なくていいわよ。あたし一人で行ってくるから」

「そうじゃない。行くなって言ってるんだ」

「なんでっ？」

アミュが身を乗り出すようにしながら、強く反駁した。

「これは、あたしが頼まれたことなの。勇者の、あたしが。あんたには関係ないことじゃない」

ぼくは、思わず押し黙ってしまった。

確かに、その通りだ。人を殺めてしまうかもしれないことも、政争に巻き込まれかねないことも、この子がそれを覚悟しているというのなら、それを妨げる筋合いは誰にもない。

特に、勇者の力を利用しようとして近づいたぼくが、この子の人生について偉そうに指図する資格はないだろう。

ただ、それでも。

「……心配だからだよ」

数年も共にすれば、多少の情も湧く。

いや……冷静に思い出してみると、もっと早くからだっただろうか。

「っ……」

アミュは驚いたように若草色の目を見開くと、それから迷うような表情を浮かべた。

だが、やがてぼくから視線を背けながら、小さく呟く。

「それだって……困っている人たちには、関係ないわ」

重い沈黙が流れた。

誰もが言葉を発せないでいる中、ぼくは考え続ける。

やがて、意思を固めると――――溜息とともに、口を開いた。

「わかった……ぼくがやるよ」

「え……？」

アミュが困惑したような声を上げた。

ぼくは念を押すように、同じ言葉を繰り返す。

「ぼくがやる。帝国軍が来るまでの時間を稼げばいいんだろう。それくらいわけない」

「……なによ、それ」

アミュが、目つきを鋭くして言う。

「自分だけ嫌な思いをするから、あたしはただ見てろって言いたいの？　なんであんたにそこまで世話を焼かれないといけないのよ。あんたは……人を殺したこと、きっとあるんでしょうね。でも、それなら十人殺しても百人殺しても同じなの？　違うでしょ？　これはあたしが頼まれたことなんだから、あたしだって同じくらい、嫌な思いしてやるわよ」

「殺さない」

「え……？」

呆けたように目を瞬かせるアミュに、ぼくは告げる。

「誰も殺さない。街の住民も、反乱軍の連中だって。それでも守れる街は守るし、時間稼ぎもする。それでどうだ」

「どうだ、って……」

「生け捕りにした反乱軍の連中は奴隷として売れるだろう。それで帝国の受けた損害も少しは補填できるし、その金は街の復興のための支援にも回される。これ以上のことを、君はできるか」

「……できない」

「じゃあ、ぼくに任せてくれるか」

「で、でも……これ、あたしが頼まれたことなんだけど……」

なおも渋るアミュに、ぼくは言う。

「皇帝は、仲間と共にって言ってただろ。招聘されたのはぼくらも同じなんだ。仲間に頼ってうまくいくなら、それでなんの問題があるんだ」

アミュは、しばらくの間黙り込んでいた。

だがやがて、ぽつりと言う。

「……わかったわ」

ぼくは小さく息を吐き、内心で胸をなで下ろした。

これで聞き分けてくれてよかった。

アミュが口を尖らせて言う。

「でも、あたしにできることがあるならするから」

「それでいいよ」

そんな時は来ない。

少なくとも、この子を戦場に駆り出さなければならないような事態には、決してならないだろう。

話し合いの結論に満足したのか、アミュはすっかり大人しくなって憑き物が落ちたような表情を見せていた。

　しかし、すぐに決まり悪そうな顔になって言う。

「……なんか、またあんたに助けられることになったわね」

「別にかまわないさ」

「でも」

　アミュが苦笑のような、あるいはただ照れているだけのような、そんな笑みとともに言う。

「心配だとか、あんたに言われたの初めてね」

「仲間なんだから、心配の一つもしなければ薄情だろう」

「言葉にされたのがってことよ。あんたにしてみれば……周りの人間みんな、いつだって危なっかしくて見てられないのかもしれないけどね」

「……」

　確かに、無闇に口に出すのは避けていたかもしれない。

　なんだか恩着せがましいのもそうだが……狡猾に生きるにあたり、他人を過度に慮るべきではないと、無意識にでも考えていたのか。

　ぼくは思考を打ち切ると、フィオナに目を向ける。

「悪いが、後始末をまた頼んでもいいか」

「……わたくしは、おすすめしません」

　険しい表情のまま、フィオナは続ける。

「皇帝の要請を受けてしまえば、結果がどうあれ、噂が広がるのは防げないでしょう。セイカ様が危惧するとおり、政争に巻き込まれかねません。それに……今回の反乱自体にも、妙なところがあります。いたずらに関与するべきではありません」

「それは、その通りなんだが……そう言わないでくれ。一応これも人助けだ。噂については、勇者を利用しようとする者が現れないよう、うまく誤魔化しておいてくれないか」

「あのですね。わたくしにも、できることとできないことが……」

「そこをなんとか頼む、フィオナ。こと政に関しては君だけが頼りだ。無茶を言っているのは承知だが……君の力を、また貸してほしい」

「う……い、いえしかし、前回も大変だったんですからね？　まあ、でも……うーん……」

フィオナがあからさまに悩み出す。

下手をしたら匙を投げられるかとも思ったが……押されれば意外と弱いのか。

やがてフィオナは、はぁー、という大きな溜息とともに言った。

「わかりました……でも、あまり期待はしないでください」

「助かるよ」

ぼくは微笑で答える。どうやら、噂の方もなんとかなりそうだ。

フィオナはぼくの顔をまっすぐに見ると、悔しさと呆れと、他のいろいろな感情が交じったような表情を浮かべて言った。

「まったく……あなたはいつだってそうなんですから」

「……いつだって？」

「こちらの話です」

そう言って、フィオナはぷいと顔を逸らしてしまった。

思わず首をかしげていると、アミュがおずおずといった調子で言う。

「あの……ありがとね、フィオナ」

フィオナはアミュに顔を向けると、若干引きつった笑みとともに告げた。

「次はありませんから」

「は、はい……」

アミュが縮こまる。

まあだいぶ無茶を聞いてもらう以上、これくらい怒られても仕方ないだろう。

ともあれ、これで方針は決まった。

ぼくはイーファとメイベルに顔を向けて言う。

「二人はどうする？　あまり楽しい旅にはならなそうだし、帝都に残っても……」

「い、行くよ！」

「行く」

即答だった。

ぼくは苦笑する。まあこの子らならこう言うだろうと思っていた。

ぼくらを見回したフィオナが、少し考え込むようにして言う。

「念のため、聖騎士を一人つけましょう。セイカ様が、手を離せなくなるタイミングも増えるでしょうから」

「ええっ、大丈夫よ。あたしたち、ラカナでずっと冒険者やってたんだから、自分の身くらいは自分で守れるわ」

断ろうとするアミュに、フィオナは静かに言う。

「アミュさんは、狙われるかもしれない立場です」

「あ……」

「暗殺者の相手は慣れていないでしょう。帝都を離れればまず安全だとは思いますが、ここは万が一に備えておきましょう。対処を誤れば、周りの者にも危害がおよびかねませんから」

「そ、そうね……イーファやメイベルが、間違って襲われたら大変だし……」

消沈した様子で、アミュが了承する。

一方、フィオナはやや心配そうな表情を浮かべていた。

「ただ……今手が空いているのが、性格に難のある者だけなんですよね……いえ、よく言い聞かせておけば大丈夫でしょう。そもそも聖騎士のほとんどはちょっとおかしいので、細かいことを言っていたらなにもできません」

「ええ……それ大丈夫なのか……？」

どうやら吟遊詩人に語られるような、正しき英雄たちの集まりというわけではないらしい。

ふと、ぼくは思い至ってフィオナに問いかける。

「その手が空いている聖騎士って、ひょっとしてぼくの兄だったりするか？」

フィオナは目を瞬かせた後、微笑とともに首を横に振った。

「いえ。グライには今、任務に赴いてもらっていますので……。それに彼は、聖騎士の中では数少ないまともな人間です」

「う、嘘だろ、あれで……？　本当に大丈夫なのか、聖騎士……」

思わず唖然としてしまう。いったいどんな連中が集まっているんだ……。

「ふうん……あいつじゃないのね」

アミュが小さく呟いた。

フィオナは、ぼくとアミュの顔を交互に見た後、微笑みながら訊ねる。

「グライに会いたかったですか？」

「そ、そんなわけないじゃない！」

「……ぼくも、遠慮願いたいな」

ぼくらの答えに、フィオナは仕方なさそうな笑みになる。

「そうですか。ですがきっとこの先、再会の機会も訪れるでしょう」

「……グライはあの後、ぼくのことを何か言っていたか？」

ぼくが問うと、フィオナは再び首を横に振る。

「いいえ、なにも。わたくしにセイカ様のことを訊ねることもなく、あえて話題に出さないようにしているようでした」

「……そうか」

　グライに最後に会ったのは、アミュが閉じ込められていた地下牢で……その時ぼくは、彼に呪いを向けようとしていた。

　会いたくないと思っているのは、むしろ向こうの方だろう。

　別に、関係を改善したいと思っているわけではない。元々仲が悪かったのだ。二度と会うことがなかろうと、困ることは何もない。

　ただ……あの時グライは、フィオナとともに地下牢のアミュを励ましてくれていたようなのだ。もっと違う態度があったのではないかと、悔やんでいないこともない。

　気を取り直すように、ぼくは言う。

「グライはどうでもいいけど……実家や学園がどうなっているかは、少し気になるな。というか、ぼくはあれからどうなった扱いになっているんだ？」

「学園は休学中ということになっています。みなさんの籍は残っていますので、復学しようと思えばできますが……」

「だ、そうだけど」

　ぼくが三人に目を向けると、皆そろって首を横に振った。

　まあ、当然だろう。すでに冒険者として生計を立てているのだ。一年半も経った今、あの学び舎に戻ろうという気はぼくも起きない。

　フィオナが微笑とともにうなずいて言う。

「では、折を見て退学手続きをとるよう手配しておきましょう。ランプローグ伯爵へは、見聞を広めるために旅に出たというちょっと苦しい説明がなされているはずです。急なことで、きっと心配されていると思いますので……落ち着いたら、便りを出されるといいのではないでしょうか」

「……そうだな」

家を継ぐわけでもないぼくは、学園を卒業しようが退学しようが結局は一人で生きていくことになる。

突然旅に出たとなれば驚かれはしただろうが、独り立ちの予定が少し早まっただけだ。実際のところ、そこまで心配されてはいないだろう。

ただ……手紙の一通くらいは、書いてもいいかと思った。

「ねえ、あたしも旅に出たことになってるの？」

「はい。みなさんのご家族には、そう説明されているはずです」

「ふうん……。じゃああたしも、パパとママに手紙を書いておこうかしら。もう逃げ隠れしなくてもよくなったんだし。勇者のことは無理でも、ラカナでのこととかは、書いても大丈夫よね」

「あ、わたしも……セイカくんが書くなら、一緒に出そうかな。お父さんに……」

「私、どうしよう」

「あんたも書いといたら？　短い間かもしれないけど、世話になったんでしょ」

「……うん」

家族のことを話し合う彼女らの様子をぼんやり眺めていると、なんとなく、戻ってこられてよかったように思えてきた。

過去の繋がりを含め、逃亡生活では諦めなければならなかったものも多い。

あとは西で暴れている反乱軍と、皇帝の目論見さえなんとかできれば、心配事はなくなる。

「今からでも手を引くべきだと、ユキは思います」

その日の夜。

あてがわれた離れの一室で床に入ろうとしていたとき、唐突にユキが言った。

掛け物を捲りかけた手を止め、ベッドに腰掛けながら答える。

「ぼくだって乗り気なわけじゃない。だが……仕方ないじゃないか」

「仕方なくなどございません」

頭の上から飛び降りたユキは、袖机に座りながら硬い声で言う。

「あの勇者の娘を、ただ強引に止めればよかっただけではございませんか」

「……あのな。弟子ならまだしも、あの子は言ってしまえば他人だ。無理矢理押しとどめるのは、さすがに道理に合わない」

「それでも、ユキはそうするべきであったと思います」

ユキがそう断言し、ぼくを睨んで言う。

「あの娘らとの関係が悪くなるのを恐れるあまり、安易な道を選びましたね。セイカさま」

　ぼくは一瞬、言葉を失った。

　指摘がもっともだったのもあるし、ユキにここまで強い言葉を使われたのも初めてだったからだ。

「前世でもセイカさまは、常命のご友人らをぞんざいに扱われながらも、どこか甘いところがございました。それもセイカさまの善きところかなと思っておりましたが、その気質が今日、悪癖に転じましたね。ユキは口惜しくてなりません。以前からもっと強く、お諌めしていればと」

「お前っ……そこまで言うか？」

　ボロクソなまでの言いっぷりに、やや唖然としながらぼくは訊ねる。

「いったい何がそんなに不満なんだよ」

「今回の一件、ユキはどうにも妙に思えます」

「……それはぼくも同感だけどな」

　読めない皇帝の意図。反乱自体も普通ではないところがある。

　だが、大きな問題でもない。

「それでも、なんとかなるさ。反乱軍など力で片が付く。皇帝の要請を撥ねのけるよりは、受諾する方が敵対の危険も少ない。フィオナを頼れば、ある程度政争とも距離を置けるはずだ。あながち悪い選択じゃない」

「そうではございません」

　ユキはそう、きっぱりと言った。

「ユキが妙と申したのは……勇者の娘についてでございます」

「アミュがどうかしたのか？」

「セイカさまは、様子がおかしいとは思わなかったのですか？」

「それは……」

ユキの言うとおり、確かに様子がおかしいとは感じていた。

元々好戦的で、かつ親しい人間には情が厚い子ではあったが……自分を犠牲にしてまで見ず知らずの者たちを助けようとするほど、正義感が強い印象はなかった。

ユキが言う。

「この国の帝（みかど）と話してからではございませんか？　あの娘の様子がおかしくなったのは」

「……まあ、そう捉（とら）えられなくもないだろうが……」

「ユキは恐ろしゅうございます。この国の帝には、なにやら得体の知れないものがあるように思われます。呪（まじな）いとも、力とも異なる、なにかが。ユキは気がかりでなりません。あの者と関わった果てには――」

ユキの声には、いつの間にか不安が滲（にじ）んでいた。

「――かの世界での生と同じ末路が、待っているのではないかと」

懸念はあったが、今さら結論は変えられない。

翌日、ぼくたちは再び皇帝に謁見し、受諾の意を伝えた。

「ありがとう。市民の先頭に立つ者として、君たちの活躍と無事を祈っているよ」

微笑とともに、皇帝はそんな言葉を返した。

## 其の二

皇帝の要請を受け入れることが決まっても、実際に出立するまでには三日ほどかかる。馬車や食糧などを手配しなければならないためだ。

準備は順調に進み、そして出立まであと一日に迫ったある日。

ぼくらは、なぜかパーティーに参加していた。

「……」

周りを見回す。

そこは、帝城にある広大な一室だった。

きらびやかに彩られた会場に、きらびやかに着飾った人々。ここは本当に城の中なのかと疑わしくなるほどだ。

外観からも予想していたが、やはり立てこもって敵を迎え撃つような城ではないらしい。

「そう身構えなくとも大丈夫です。うふふっ、みなさんには誰も近づかせませんから」

近くでそう言ったのは、フィオナだった。

ガラス杯の飲み物に口を付けながら、機嫌良さそうに続ける。

「自らの陣営に取り込もうとする者も面倒ですが、どこぞの陣営に取り込まれたと周囲の者に誤解されるのも面倒です。ですから、今日はずっとわたくしと一緒にいてくださいね」

「……ぼくらのような身分だと、こんなところに放り込まれたところでどうせ馬鹿にされるだけだろうから助かるが……」

　と言いながらぼくは、フィオナの傍らに立つ人物を見上げる。

「……人避けがそれか」

　その人物は、なんと鬼人だった。

　人間をはるかに超える体躯。鬼人としては珍しい、灰色の肌をしている。その立ち姿には、どこか武人の雰囲気があった。

　ぼくの視線にも、鬼人は無言のまま微動だにせず、ただ前を見据えている。

「聖騎士のヴロムドです」

　微笑みながら、フィオナが言った。

「寡黙な性格なので滅多に喋りませんが、立っているだけで周りが静かになるので、普段から助かっています」

「……」

　パーティー会場であるためか、ヴロムドという名の鬼人は正装しており、もちろん武装もない。だが、武装の有無など関係ないほどの威圧感がその鬼人にはあった。人間用の衣装も似合っているとは言えず、逆に恐ろしげだ。

　おかげでぼくたちの周りだけ、人気がない。

「……まさか、聖騎士に魔族がいるなんてな」

こんな場所に連れてくることまで含めて、ちょっとした衝撃だった。

ぼくはフィオナに視線を戻して言う。

「よく許されたな」

「うふふ、わたくしの立場をお忘れですか？」

「……皇女が、こんな風に人を遠ざけて大丈夫なのか？」

「ヴロムドを同伴させるパーティーはもちろん選んでいます。ですが、わたくしの支援者に元々貴族の方は少ないので、機会は多いですね。残念ながら今日も、わたくしがお話ししたい方はいらっしゃらないようです」

「……不参加、という選択肢はなかったんだろうか」

「みなさんは陛下の客人です。陛下の顔に泥を塗るくらいなら、大人しくパーティーに参加しておく方が賢明でしょう」

ぼくたちにまで招待状が配られたこのパーティーは、どうやら宮廷主催のものであるようだった。

及び腰だったぼくたちに対し、フィオナが参加を勧めてきたから出ることにしたのだが……肝心の皇帝も不在のようだし、別に出なくてもよかった気がしてくる。

「そんなことよりも、セイカ様」

と、フィオナがにこにこしながらその場でくるりと回った。

華やかなドレスの裾（すそ）が柔らかく浮く。

「いかがです？」

「……」

社交用のドレスに身を包んだフィオナは、言葉が見つからないほど煌めいて見えた。

フィオナの容姿は世の吟遊詩人たちが数々の美辞麗句をもって歌っているが、それらをどれほど積み重ねても足りないのではないかと思える。

実際、ヴロムドのせいで近づけないでいる周囲の男たちからは、熱っぽい視線が注がれていた。

とはいえ……ぼくに感想を求められても困る。

思わずばつの悪い顔になって言う。

「……称賛の言葉が欲しいなら他をあたってくれ。君なら好きなだけ受け取れるだろう」

「まあ。わたくしは、誰よりもセイカ様から受け取りたいのですが」

「…………あいにくだが、気の利いた語彙を持ち合わせていなくてね」

そう言って、堪らず目を逸らす。

社交的にはあまり誉められた態度ではないが……女性の容姿をあらたまって誉めるのは、どうにもむず痒くて苦手だった。

日本で暮らしていた頃も、大陸を旅していた頃も、ついぞ慣れなかったことを思い出す。

やや申し訳なく思ってフィオナを見ると、なぜかにこにこと機嫌良さそうにしていた。

「セイカ様は、思えばそうでしたね。なんだか懐かしいです」

「は……何が？」

「いえ、こちらの話です。しかし、セイカ様」

と言って、フィオナがぼくの後ろを視線で指し示す。

そこには、アミュ、イーファ、メイベルの姿があった。

各々(おのおの)ガラス杯を手に、目立たないよう小さくまとまりながらも、きらびやかな宮廷のパーティーに目を奪われている。

フィオナがぼくに耳打ちする。

「わたくしにはいいとしても、アミュさんたちにはきちんとしなければなりませんよ。このような機会はなかなかないのですから」

「……………」

三人も、今日はパーティーに合わせて着飾っていた。

フィオナに比べれば大人しいドレスだが、どれも丁寧な仕立てで、それぞれ髪や瞳の色に合わせて選ばれている。

髪型も整え、軽く化粧もしているようで、皆どこぞの貴族の令嬢のようだ。

準備にずいぶんと時間がかかっていただけある。

三人はぼくと、にこにこ顔のフィオナの視線に気づくと、何やら急に楽しげにし始めた。

「なによ、セイカ。なんか言うことあるわけ？」

「えー……なにかな」

「期待してる」

ばつの悪さが頂点に達し、思わず渋い表情になる。

ただ……これはちょっともう逃げられない。

「その……三人とも、綺麗だな」

目を逸らし気味にかろうじてそう言うと、三人はからかい半分、浮かれ半分みたいな歓声を上げた。

上機嫌のフィオナも混ざり、そのまま装飾品とか美容の話題で盛り上がり始める。

ぼくはその様子を眺めながら、重い息を吐いた。

「勘弁してくれよ……」

「セイカさま……ユキは恥ずかしゅうございます」

腹が立って耳元のあたりを払おうとすると、髪の中のユキがさっと頭の上の方へ逃げていく感触がした。

どっと疲れを覚えながら、あらためて会場を眺める。

誰一人として顔を知らないが、皆名門貴族か、議員の一族なのだろう。

前世でたとえるなら殿上人(てんじょうびと)だろうか。どうにも、こういう場は慣れない。

「フィオナ」

その時、やや掠(かす)れ気味の声が近くで響いた。

反射的に顔を向けると、一人の青年がフィオナに声をかけていた。

「今日はいないのかと思ったよ。そんなに綺麗にしているのに、君は隅(すみ)で咲くのが好きだね」

穏やかな笑みとともに、青年が言う。

線の細い男だった。優男の多いこの会場にて、輪を掛けて覇気がなく、弱々しいとすら思える。

実際、病弱なのだろう。不健康に見えるほどに色の薄い金髪に、白い肌。若いにもかかわらず右手で杖を突いている。やや似合わない闇色の色眼鏡は、おそらく強い光を遮るためのものだ。

アミュたちと談笑を続けていたフィオナは、一瞬だけ眉をひそめると、青年に向き直った。

そして、明らかに作った笑みとともに口を開く。

「あら、ごきげんよう――ヒルトゼールお兄様」

ヒルトゼール。その名は、さすがにぼくも聞き覚えがあった。

ヒルトゼール・ウルド・エールグライフ――この国の第一皇子だ。

アミュたちも気づいたようで硬直している。

ぼくたちが静まり返る中、フィオナは無機質な微笑みとともに言葉を続ける。

「お体は大丈夫ですか？　あまり無理はなさらないでください」

「嬉しいことに、今日は調子がいいんだ。このパーティーにはぜひ出席したかったからね」

そう言って、ヒルトゼールが微笑む。

第一皇子は、聡明ではあるが体が弱い。そんな噂を聞いたことがあったが、どうやら事実だったようだ。

ふとフィオナが、ヒルトゼールのそばに立つ女性に目を向ける。

「おや、珍しい。今日はエリーシアもいるのですね」

女性は答えず、わずかに目礼しただけだった。

ヒルトゼールよりも、さらに若い女性だった。ぼくらの二つか三つ上くらいに思える。にこりともせず硬い表情を浮かべていたが、顔立ちは相当に整っていた。皇子とは対照的な、艶(つや)のある金髪が目を引く。

ヒルトゼールが言う。

「マディアス公爵家の令嬢として、たまには顔を出さないかと誘ったんだ。婚約者に振られてばかりでは、僕も立場がないからね」

「そうですか。でも、無理はなさらず。エリーシアもなにかと忙しいでしょうから」

フィオナが笑いかけると、女性は居心地悪そうに小さくうなずいた。

どうやら、第一皇子の婚約者らしい。上級貴族の令嬢としては珍しいが、社交の場が苦手そうにも見える。

皇子は、そんな婚約者をよそにフィオナへ笑いかける。

「エリーシアに無理はさせないよ、僕はね。彼女はこれくらい静かにしている方がかわいらしい。……それより」

ヒルトゼールがなんの前触れもなく、アミュへと顔を向けた。

「この会の隠れた主賓(しゅひん)を独り占めするものではないよ、フィオナ。君の友人を僕にも紹介してくれないか」

アミュを見つめたまま、ヒルトゼールは言う。

その時になってようやく、この皇子の目的が勇者だったのだと気づいた。

病弱そうに見えて、意外と胆力のある男だ。誰もがぼくらから距離を置く中、聖騎士の鬼人を恐れずこうして近づいてきた。今も身構える様子などなく、自然体に見える。

アミュが迷うように、フィオナに視線を向けた。

フィオナはいかにも心外そうな表情を浮かべて、異母兄へと言う。

「独り占めだなんて。わたくしはただ、勇気ある者を待っていただけですのに」

「ならば僕は資格を得たようだ」

紹介を待つことなく、ヒルトゼールがアミュに左手を差し出す。

「はじめまして、勇者アミュ君。僕はヒルトゼール・ウルド・エールグライフ。こんな形でも、実は皇子なんだ」

「えと……知って、ます。アミュです。お会いできて、光栄です……」

ぎこちない挨拶とともに、アミュが左手を握り返した。

自嘲気味に、ヒルトゼールは言う。

「左手で失礼したね。体が弱いせいで杖を手放せないんだ。でも驚いたよ。伝説の勇者がまさか、こんなに可憐な少女だったとは」

皇子が笑いかける。

ヒルトゼールは、父親である皇帝には似ず端麗な容姿をしていた。血が入っているわけはないだろうが、弱々しさも相まってどこか森人めいてすらある。

アミュは、そんな皇子を前にして完全に硬くなっているようだった。

ヒルトゼールが、やや表情を暗くして言う。

「反乱軍の対処を任されたと聞いたけれど」

「は、はい……そうです」

「人間同士のいさかいに勇者を持ちだそうだなんて、陛下も何を考えているのか……。僕は、これが正しいとはどうしても思えない。君も本当は不安なんじゃないか？　勇者の力があったとしても、たった一人で数万の反乱軍に挑むのは恐ろしいだろう。今からでも断れるよう、僕から陛下に進言してもいい」

「い……いいえ」

ヒルトゼールの勢いにやや気圧(けお)されながらも、アミュは首を横に振った。

「あたしも……帝国の力に、なりたいので。それに……仲間も、います」

「仲間」

その言葉を予期していたかのように、ヒルトゼールが繰り返す。

「そういえば、勇者には頼りになる仲間がいるのだと聞いた。なんでもとある魔術師は、ラカナで起こった史上最大規模のスタンピードを、瞬く間に鎮圧してしまったのだとか」

ヒルトゼールの顔が、その時ふとこちらを向いた。

色眼鏡の奥に隠れた目で、ぼくをまっすぐに見つめながら、その薄い唇を開く。

「ひょっとすると君が――――セイカ・ランプローグ君かな？」

ぼくは、皇子を黙って見返す。

ヒルトゼールの口元に浮かぶ穏やかな微笑からは、何も読み取れない。どこまで知っているのか。どんな意図で、アミュやぼくに接触してきているのか。

ぼくは一瞬だけわずかに目を伏せると、静かに答える。

「ええ、いかにも」

そして、同じような微笑を浮かべて言う。

「ぼくがセイカ・ランプローグです。はじめまして、ヒルトゼール殿下。まさか皇室の俊英と名高い殿下に名前を知られていたとは。恐れ多くも光栄に存じます」

「知っているさ。なんと言っても、一つの街を救った英雄の名だ。ランプローグ伯爵家は魔法学の大家であったはずだけど、まさかこんな神童が生まれていたとはね。どんな魔法を使ったのか、僕に教えてくれないか？」

「恥ずかしながら」

ぼくは小さく首を横に振る。

「噂とは尾ひれが付くもの。多少扇動めいたことをしたせいで名が広まってしまいましたが、ぼくはあの日、あの場所で戦った多くの戦士の一人に過ぎません。使った魔法も、残念ながら凡庸なものばかりでした」

「なんだ、そうだったのか」

やや拍子抜けしたように、ヒルトゼールが言う。

「思えば、たしかに聞いた話には荒唐無稽なものも混じっていたな。なんでもドラゴンに匹敵する巨大なモンスターを、ただの一撃で葬り去ったとか」

「むず痒い噂にはぼくも困っているところです。そもそもあの規模の災害を、一人の人間に鎮めることなどできるわけがありません。あの場に英雄がいたとすれば……それはぼくなどではなく、仲間のために命を散らした者たちでしょう」

「もっともだ。本人に言われる前に気づくべきだったね」

苦笑交じりに、皇子が左手で頬を掻く。

なんとかうまく切り抜けられた……と、ぼくは内心で冷や汗を流しながら思う。

うっかり本名で冒険者になってしまった影響が、まさかこんなところに現れるとは思わなかった。よりにもよって皇族にまで知られているとは……自分の間抜けさが嫌になってくる。

とはいえ、思い切りよく常識外れなことをやってしまったせいで、逆に信憑性が下がったみたいだ。世の中何が功を奏すかわからない。

皇子が自嘲するように言う。

「僕としたことが、流言を真に受けてしまっていたようだ。もし勇者を超える英雄ならばと、つい期待してしまったせいか」

「……はは」

肯定も否定もせず、ぼくは微かに引きつった顔で愛想笑いを返した。

もし勇者を超える英雄ならば……どうするつもりだったのだろう。

あまりぼくにとって好ましいことにはならなそうだ。

「セイカ君も、反乱の鎮圧へ？」

「ええ。アミュと共に」

「そうか。ならば……気をつけてくれ」

ヒルトゼールが、含みのある微笑とともに続ける。

「あの反乱は、少し妙な……」

と、皇子が言いかけたその時——ガラス杯の割れる甲高い音が、会場に響き渡った。

一部で悲鳴が上がり、ぼくらはそろってそちらに顔を向ける。

「貴様のせいでこうなったのだろう‼」

「何を勝手なっ！　元はと言えば兄上が……っ！」

何やら、二人の若い男が揉めているようだった。

短髪で大柄な一人が、背の低いもう一人の胸ぐらを掴んでいる。

どちらも相当に怒り狂っている様子だ。

「……背の高い方が第二皇子のディルラインお兄様、髪の長い方が第三皇子のジェイルードお兄様です」

フィオナが耳打ちしてきた。

ぼくは眉をひそめる。第二皇子に第三皇子とは、大物だ。その二人が、社交の場でなぜあんな見苦しい言い争いをしているのだろう。

誰も止められないのか、周囲の者たちは恐る恐るといった様子で遠巻きに眺めるばかりだ。特に第二皇子は体格がいいので、無理に割って入れば怪我をしそうでもある。

衛兵を待ちたいところだが……。

「やめないか」

制止の声が響く。

二人に毅然と言い放ったのは、ヒルトゼールだった。

杖を突きながら、二人に歩み寄っていく。

「このような場で何をしているんだ。見ろ、皆も驚いているじゃないか」

第二皇子ディルラインは、弟の胸ぐらを離すとヒルトゼールに向き直った。

兄よりもずっと長身なためか、見下ろすような格好になっている。

「兄上……いったい何を考えている。自分が何をしているか、わかっているのか⁉」

ディルラインがヒルトゼールに詰め寄る。

その様子を見て、ぼくは微かに違和感を覚えた。

病弱な兄と比べ、肉体的にははるかに頑強そうな第二皇子だが……その目には怒りに混じって、畏怖のような感情があるように見えた。

「兄として、弟たちの喧嘩を止めている。それ以外に何がある」

ヒルトゼールは、体格で勝る弟を見上げ、はっきりと言い放った。

それから、やや呆れたような表情で続ける。

「事情は知らないが、一度頭を冷やした方がいい。二人共だ」

「……っ！　覚えていろ……！」

聞いたディルラインは目を剥くと、踵を返して大股で去って行った。

ヒルトゼールは、第三皇子の方にゆっくりと歩み寄る。

「ジェイルード、怪我はないか」

「寄るなっ、この異常者が！　クソっ……！」

ジェイルードはヒルトゼールに罵声を浴びせると、乱れた長髪を乱暴に手ぐしで直し、足早に去って行った。

ヒルトゼールが伸ばしかけた左手を下ろし、所在なさげに立ち尽くす。

「……大丈夫ですか、殿下」

見世物のような光景を少し哀れに思い、つい声をかける。

振り返ったヒルトゼールの顔には、あの穏やかな笑みが戻っていた。

「ああ。しかし、少し疲れたかな……。悪いが、座れる場所まで案内してくれないか」

「ええ、こちらへ」

ぼくはうなずき、会場の隅までヒルトゼールを連れていく。

並んでいた椅子の一つを引くと、皇子は杖を置いてそこに腰掛けた。

そして、苦笑しながら言う。

「客人に、見苦しいものを見せてしまったね」

「いえ……」

「僕たちは決して兄弟仲がいいとは言えないんだが、あんなのは初めてで驚いてしまったよ」

ぼくはなんと返したものかわからなかった。

少し置いて、ヒルトゼールは言う。

「帝位の継承者は、どのように決まるか知っているかな」

「皇帝が子の中から一人を指名し、それを議会と民衆が承認する……でしたか」

「そのとおり」

うなずいて、ヒルトゼールは続ける。

「指名には、貴族ほど厳密な規則はない。次男や長女を選んでもかまわないし、在野(ざいや)から優秀な人物を見出し、養子に迎えても問題ない。帝国の歴史上、そういったことは何度も行われてきた。ただ……それでも明確な能力差がない限りは、長男が優先される慣習がある」

「……」

「今のところ、陛下が誰かを養子に迎える様子もない。このままいけば、いずれは僕が帝位を継ぐことになる。けれど……困ったことに、この有様でね」

そう言うと、ヒルトゼールは色眼鏡をわずかにずらし、すぐに眩(まぶ)しそうにして元に戻した。

「生まれつき、体が弱かった。明るい場所ではまともに物を見られず、この眼鏡が手放せない。見ての通り、足も悪い。ふとしたことで体調も崩しがちだ」

「……」

「それでも幼い頃から、皇帝となるための学びを怠ったことはなかった。今この瞬間からでも、帝国の頂点に立ち、政を取り仕切る覚悟は持っているつもりだ。しかし……僕では務まらないと見なす者は、やはり多い」

「……ぼくには想像もつきませんが、過酷な地位であると聞きました」

「ああ。陛下を見ていると、なんだか簡単そうに思えてくるけどね」

そう言って、ヒルトゼールが苦笑する。

「実際には、常人に務まる地位ではない。ましてや、病弱な者になど……。そう考える者たちのせいで、宮廷に混乱が生まれている」

「……殿下ではなく、第二皇子や第三皇子を次期皇帝にと目論む派閥がある、ということですか」

「ああ」

ヒルトゼールがうなずく。

前世でも何度か聞いた話だった。第二、第三候補を擁立し、その臣下として利益に与ろうとするのは、現状の権勢が弱い者などが使うありふれた手だ。

ヒルトゼールが憂いの籠もった声音で続ける。

「体が成長しても一向によくならない僕を見て、別派閥に鞍替えする者も出始めている。弟たちもいつの間にか本気になり、僕らの仲は悪くなる一方だ。兄弟喧嘩は、いつしか政争に変わってしまった。今回の反乱も……あるいは、そうかもしれない」

　ぼくは眉をひそめ、訊ねる。

「今回の反乱が、政争と何か関係あるのですか？」

「それぞれ最初の反乱は、弟たちが裏で糸を引いていた可能性がある」

「……まさか」

　驚きに言葉を詰まらせるぼくに、ヒルトゼールは説明する。

「奴隷の反乱が起こった地はディルラインの、信徒の反乱が起こった地はジェイルードの筆頭支持者の領地だ。互いの支持基盤に損害を与えるため、互いに工作員を忍び込ませ、不満を持つ層を煽(あお)った……そんな噂が立っている。あくまで噂だが」

「……帝位のために、そこまでしますか」

「そのくらいしていてもおかしくない。歴史を見ても、ね」

　ヒルトゼールの返答には、同意できるところがあった。歴史を振り返れば、確かにその程度の工作はありうるだろう。

　しかしそうだとすると、ぼくたちは政争の後始末を押しつけられたことになる。

　アミュの我(わ)儘(まま)を聞き、引き受けたのは間違いだったか……そう後悔し始めたとき、ふと疑問が浮かんだ。

「ん？　となると、今二つの反乱が合流し、一つになっているのは……」

「それはわからない」

　ヒルトゼールは表情を消し、首を横に振った。

「噂が本当だとしても、今の状態が弟たちの意思によるものではないだろう。案外、反乱に参加していた者たちが意気投合してしまったのかもしれないな」

　くだらない冗談でも言ったかのように、ヒルトゼールが肩をすくめる。

「戦姫(せんき)なる者の噂もあることだし、誰が何を企んでいるのやら」

「……戦姫？」

「おや、聞いていなかったのか」

　初めて聞いた単語を反芻(はんすう)すると、ヒルトゼールが意外そうな顔をした。

「反乱軍が侵攻しようとする街に、先んじて一人の女騎士が現れ、住民たちに対して街を明け渡すよう要求したそうなんだ。その者を、逃げた住民たちが戦姫などと呼び始め、それが宮廷にまで伝わってきた」

「女騎士……ですか。それは、反乱軍の使者のような？」

「使者で済んだならよかったのだけどね」

　ヒルトゼールが続ける。

「初め、街の者たちは女騎士の要求を拒(こば)んだらしい。自警団の者たちが、そのまま彼女を拘束しようとしたんだが……まったく歯が立たなかったそうなんだ」

「……はあ」

「街の防衛を担(にな)うはずだった騎士団や、雇い入れた傭兵団ですら相手にならず、全員叩(たた)き潰されてしまった。しかも大怪我をした者や死んだ者は一人もいなかったらしい。手を抜かれていた、ということなのだろうね」

「……」

「反乱軍の本隊が来る前、たった一人相手にその有様(ありさま)では、さすがに街を守るのは無理だと諦(あきら)めたのだろう。住民たちは逃げ出すことに決めたそうだ。同じことが、もう一つ別の街でも起こった。この異様に強い女騎士の正体は明らかでないが、この戦姫こそが反乱軍の指導者なのだと、そう主張する議員もいる」

「……そうですか」

なんとも判断しがたい話だった。

確かに超人的な強さは大衆を惹(ひ)きつけ、心酔(しんすい)させることがある。戦姫とやらが反乱軍を一つにまとめ、指導者の座に着いた可能性もなくはない。

だが……奴隷と信徒の反乱に、果たしてそのような者が参加するだろうか？

考えあぐねていると、ヒルトゼールがふと笑って言う。

「すまないね。これから鎮圧に向かおうとする者に、気を削(そ)ぐような話をしてしまって」

「いえ……」

「家を出ているということは、君には兄が？」

「ええ。家を継ぐ長兄(ちょうけい)と、軍に入った次兄(じけい)が」

「そうか。うまくやれているのかな」

「どう、でしょうね」

ぼくは苦笑して答える。

「ぼくと次兄は、正直あまり。ただ長兄が人格者なので、それなりにうまくはやれているかと」

「長子が立派な人物なら、ランプローグ伯爵家も安泰だ」

「ええ。次期当主にも、幸い長兄が一番向いてました。ぼくとは仲が悪かった次兄も、これに関しては同意見だと思います」

「なるほど。うらやましいな……君の兄が。僕も次代を担う者としての適性と、謙虚な弟たちを持てていたらと思うよ」

そう言うと、ヒルトゼールは傍らに置いていた杖を引き寄せる。

「そろそろ戻るとしよう。フィオナに独り占めなどと言ってしまった手前、ずっと君を引き留めているのは気が引けるからね」

「勇者ならまだしもその仲間の一人になど、殿下以外に気に留める者はいないでしょう……。肩を貸します」

「いや、平気だ。立つくらいは一人でもできる」

そう言って、ヒルトゼールが杖を立てる。

その時ふと、皇子から小さな力の流れを感じた。

「殿下……」

「ん？」

「いえ……ひょっとして何か、魔道具を身につけられていますか？」

聞いたヒルトゼールが、わずかに目を見開いた。

一瞬の沈黙の後、口を開く。

「わかるのか？」

「いや……なんとなく、そうなのではないかと」

「……驚いたな。ああ、そうだ。といっても、玩具（おもちゃ）のようなものだが」

そう言って、ヒルトゼールが服の内側から首飾りの細い鎖を引っ張り出す。

それはどうやら、虫を精巧に模したペンダントのようだった。

長い鞘翅（さやばね）を持つ小さな甲虫……蛍（ほたる）、だろうか？

皇子が虫に視線を向けて言う。

「魔力を込めると、この飾りが光るんだ」

「へえ……」

注意深く見てみるも、力の流れが弱すぎてよくわからない。ただ、この程度の魔道具ならせいぜいあってもそんな機能くらいに思えた。

皇子が苦笑しつつ言う。

「暗い場所で便利かと思い買い求めたが、結局光らせてみたのは最初だけだった。灯（あか）りに使うには暗いうえに、少しでも魔力を使うとすぐ気分が悪くなってしまう。まったく、自分の身体ながら嫌になるよ」

ペンダントを戻しながら、ヒルトゼールが立ち上がる。

その動作は意外にも滑らかで、不便な身体と長年付き合ってきた慣れのようなものが感じられた。

「殿下」

続くように立ち上がると、小さな笑みとともに告げる。

「ぼくは応援していますよ。ランプローグ家としてではなく、ぼく個人としてで申し訳ないですが」

自然と、そんなことを言ってしまっていた。

なんとなく重ねてしまったのだ。夏に魔族領で出会った、若き王たちの姿と。

皇子は一瞬意外そうな顔をした後、微笑んで言う。

「ありがとう、十分嬉しいよ。他人のせいのように語ってしまったかもしれないが、宮廷の混乱はすべて僕自身の不甲斐なさが原因だ。だからこそ、僕自身が頑張ることで解決できる。そう信じているよ。それではね」

ヒルトゼールは踵を返すと、会場の人混みの中へ戻っていった。

ぼくはなんとなく、その場に留まりパーティーの様子を眺めていたが……しばらくすると、ぼくの下にフィオナがやってきた。

「……セイカ様」

「ああ、すまない。少し話し込んでいて」

「……今日はわたくしと一緒にいてくださいと言いましたのに」

咎めるように、フィオナが言う。

「それで、ヒルトゼールお兄様とはなにを？」

「まあ……世間話かな。宮廷の事情や、反乱のことなどを軽く聞いた。大した内容ではなかったけど」

一応の真偽確認も兼ねて、フィオナに皇子と話した内容を簡単に説明する。

聞いたフィオナは、やや難しい顔をして言った。

「間違いではありませんが……少し不十分ですね。まず、派閥は第一、第二、第三皇子派とは別に、もう二つあります。そちらの方がお兄様は面倒に感じているでしょう」

「皇子は三人だけだが、他にどんな派閥があるんだ？」

「お忘れですか？　一つに、わたくしです」

「あ……そういえば」

「力を付けてきたのはここ数年のまだ新しい派閥ですので、それはそれは目障りでしょうね。弟たちだけに止まらず、愛人の産んだ妹までが皇位争いに加わるのか……と」

「その割に、君については一言も言及していなかったな」

「わたくしの庇護下にあるセイカ様の前で、わたくしの悪口は言わないでしょう。もっとも、そもそも相手にされていないのかもしれません。帝国の長い歴史の中で、女帝はほんの数例しかありませんから」

「それで、もう一つの派閥は？」

「現皇帝派です」

「……ん？」

ぼくは首をかしげる。

「どの後継者につくかの派閥なのに、現皇帝派というのはおかしくないか？」

「現皇帝派とは、陛下が今後、在野の賢人を養子に迎えると見込んでいる派閥です。皇子たちと皇帝が対立した場合には、皇帝の利益になる行動を取ります」

「ああ、なるほど。しかしなんだか博打（ばくち）のような派閥だな」

「それでも、二番目の規模の大派閥です。第一皇子派から鞍替（くらが）えする者も多く、去年はテネンドなどを領地に抱えるダラマト侯爵が皇帝派の行動を取って、宮廷で噂になっていました。それまではヒルトゼールお兄様をよく支援していたのですが」

ダラマト侯爵や峡谷の街テネンドは、ぼくでも名前くらいは知っていた。

ヒルトゼール派は、大物が離反し始めている状態らしい。

「それだけ、今の皇子たちに帝位を任せることに皆が不安を覚えているのでしょう。もっとも、そのおかげでわたくしにも付け入る隙ができているのですが」

「そういえば君は、本気で皇帝の座を狙っているのか？」

「うふふ、聞きたいですか？」

「……いや、いい」

聞いてもろくなことがない気がした。

代わりに、別の問いを発する。

「反勇者の派閥というのは、どこに属しているんだ？」

「第二、第三皇子派の中でも、特に急進的な者たちです。グレヴィル侯爵の失態以降は批判の声が強くなり、同派閥内でも肩身は狭いと聞きます」

「ああ……。まあ、自滅してくれたなら助かるな」

「やや先鋭化してしまったので厄介ですが、今回皇帝が直々にアミュさんを招聘した以上、消滅は時間の問題でしょうね」

皇帝の依頼を受け、反乱を鎮圧したならば、さらに容認の声は強くなるだろう。

そう考えると、政争の後始末も悪いことばかりではない……かもしれない。

政争といえばと、フィオナに問いかける。

「反乱についてはどうだ？　発端が第二皇子と第三皇子の工作だという噂、君は聞いていたか？」

「……ええ」

フィオナが難しい顔でうなずく。

「それも、おそらくは事実です」

「なぜぼくらに黙っていたんだ？」

やや咎めるように言うと、フィオナが目を鋭くして言い返してくる。

「言ったところであの場の判断が変わりましたか？　そもそも、わたくしは関わることに初めから反対でした。政争に巻き込まれかねないとも、はっきり告げたはずですが」

「……それもそうだったな」

説得に使えそうだと思ったのなら、あの場でフィオナが口にしただろう。

伝えてもどうせ流されるだけの情報を、なぜ伝えなかったと責められる謂われは確かにない。

不満げな顔のまま、フィオナは続ける。

「それに……発端こそお兄様たちでしたが、状況はすでに様変わりしています」

「……戦姫、なんてのもいるんだって？」

「……。そんな噂もありますね」

今度はフィオナは、やや後ろめたそうな素振りをする。

「言っておきますが、こちらを黙っていた理由は先ほどと逆、信憑性が低いと判断していたためです。死んだ仲間に助けられたり、神の姿を見たりと、戦場では奇妙な噂が流れるものですから」

「わかってる。別に責める気はないよ」

ぼくだって聞いて反応に困った噂だ。フィオナも伝えにくかっただろう。

小さく息を吐き、ぼくは言う。

「どうやら、嘘をつかれたりはしていなかったようだな。まあそんな印象も特になかったけど」

「セイカ様」

フィオナは、硬い表情でぼくに問いかける。

「ヒルトゼールお兄様のこと……どう思われましたか？」

「……？　どうって……」

ぼくは、少し考えて答える。

「まあ、君には悪いが、帝位を継ぐべき皇子だと思ったよ。真面目で頭がよく、皇族としての自覚と覚悟がある。為政者らしい底知れなさも感じられたが、それも君主には必要な資質だろう」

難点と言えるのは、病弱であることくらいだ。

仮にヒルトゼールが健康な身体で生まれていたら、彼が帝位を継ぐことに異議を唱える者はいなかっただろう。

おおむね妥当な意見……と思ったのだが、フィオナは表情を険しくした。

「あまり……あれを信用なさりませんよう」

「……？　それはどういう……」

ぼくが疑問を挟む余地なく、フィオナが続けて言った。

「ヒルトゼールお兄様も、わたくしと同じ――政治家なのですから」

◆　◆　◆

その後、ぼくたちは予定通りに帝都を出立した。

反乱が起こっている地までは、馬車でも数日かかる。そのため、途中にある街で何度か宿をとることになっていた。

今夜滞在する、峡谷の街テネンドもその一つだ。

「わぁ……」

馬車の窓からその威容を目にした、アミュたちが歓声を上げる。

テネンドは、断崖絶壁の上に立つ都市だった。

高い台地の上に築かれており、見上げる高さにある。ここからでは見えないが、背後は足場の悪い森になっており、とても立ち入れないという。東西はなだらかで登りやすそうだが、街を挟むように深い峡谷が走っていた。

アミュが呆れたように言う。

「あんなところによく街なんて作ったわね」

「元は、蛮族から逃げた人々が築いた集落だったらしい。時代が進むにつれて人が集まり、今では帝国有数の大都市だ」

「あそこまでどうやって行くわけ？」

「谷に橋が架かっているだろ」

ぼくの言葉に、アミュたちが窓へと身を乗り出す。

東西に走る峡谷それぞれには、同じ形の長大な橋が架かっていた。

「三百年ほど前に、力のある魔術師が築いたという話だ。ここまで大きな都市になったのも、あの二つの橋のおかげだろうな」

アミュたちが感心したような声を上げる。

「へー。まあそうでもなければあんなところに誰も集まらないわよね」

「ちゃんと両側にあるから便利そうだね。あそこまで登るのが、ちょっと大変そうだけど」

「でも、なんか不安」

珍しく、メイベルが弱気なことを口走る。

「そんなに昔の橋、通ったことない」

「……言われてみればそうだな」

魔法で作った橋は、傷(いた)んだ箇所の補修とかうまくできるんだろうか？

と、その時。

「おろかな人間」

馬車の中に、声が響いた。

その声は、ぼくの正面に座る森人(エルフ)の少年が発していた。

「たかだか三百年を、まるで大昔のように語るとは。ボクら森人(エルフ)にしてみれば、その程度年経た建造物など珍しくもないというのに」

馬車内の空気を読む素振りすらなく、少年が澄ました笑みのまま言い切った。

長い耳に輝くような金髪。種族が種族だけあり、性別を見紛(みまが)うほどの美貌だが、正直憎たらしさしか感じない。

聖騎士第六席、ヨルギエ・ノルン・ゾット・ソラリオス・ティズィート・レン。

初めて会ったとき、少年はそんな風に名乗った。

森人(エルフ)にしてはやけに長い名だと思ったが、どうやら森人(エルフ)や黒森人(ダークエルフ)は本来このような名で、普段は使っていないだけらしい。

使うのは誕生と婚姻と葬儀の時くらい……と、聞きもしないことをずいぶんと偉そうに語ってきたあたりから嫌な予感はしていたが、案の定旅の供としては最悪の部類だった。

馬車内の空気が悪くなる中、思わず溜息をついて言う。

「……フィオナが性格の悪い聖騎士しか残っていないと言っていたが、まさかこれほどとは思わなかった。今からでも護衛を交換できないものか」

「おろかなうえに、品性の下劣な人間。姫様がボクを悪く言っていたと言えば、自分に怒りの矛先(ほこさき)が向くことなくボクを責められると考えましたね？　人間は本当に悪知恵ばかり回る。その手には乗りませんよ」

「いや、普通に事実だけどな」

「姫様ならば、性格に難がある、と言うはずです」

「ちょっとは自覚してるんじゃないか。というか、事前にフィオナからぼくらと同行するにあたって何か言われなかったのか？」

「くれぐれも無礼な言動は控えるよう仰せつかりました。ボクはそれを努力義務と解しました。ボクは今も努力しています」

澄ました笑みで、森人(エルフ)の聖騎士が言い切った。

呆れて言葉を失っていると、アミュがいらついた声を上げる。

「こいつほんっと腹立つわね。今まで生きてきてここまで生意気なガキ見たことないんだけど」

「おろかな人間。ボクは子供ではありませんよ。森人（エルフ）は人間よりもはるかに長い年月を生きるのです。まさかそんなことすら知らないとは」

「なに言ってんのよ。あたし知ってるんだからね。森人（エルフ）も十五歳くらいまでは人間と同じように成長するんでしょ。つまり、チビのあんたはガキってことじゃない」

聖騎士レンは答えずに、窓を開けて馬車の外を見た。そして、風が気持ちいいな、などと呟いている。

さすがのアミュも言葉が出てこないようだった。

それから数日後、ぼくらは反乱が起こっているという地にたどり着いた。

今、ぼくはとある街の手前で、目の前に広がる平野を見つめている。

城壁とも呼べないような低い市壁しか持たない、特筆するところのない街。なぜこんな場所にいるかと言えば……ここに、反乱軍の一つが向かっているからだった。

「数は三千程度だそうです」

傍らに立つ聖騎士のレンが、澄ました笑みとともに言った。

ぼくは鼻を鳴らして答える。

「まあそんなものか」

フィオナの配下にある者たちからもたらされた情報を頼りに、ぼくは奴らの部隊の一つを迎え撃つことに決めた。

物資の都合上、反乱軍は他の町や村へ侵攻し続けなければその軍勢を維持できない。

そこで、侵攻用に分割された部隊を順次狙っていくという、やりやすそうな方法をとることにしたのだ。

それも、撃退などではなく無力化して拘束する。全員をだ。

力を抑えつつ、帝国軍到着までだらだら時間稼ぎしてもいいのだが、肝心の派遣がいつになるかわからない。それを待つくらいなら、最速で解決してしまう方がいい。どうせ力を振るうなら常識外れなくらいの方が、かえって噂の信憑性も低くなる。そういう判断だった。

「……反乱軍の間で、たちの悪い疫病が流行っていたことにでもしてもらうか」

これからやることを考えれば、名案に思えた。戻ったらフィオナに提案してみよう。

そんなことを考えながら、前方を遠く見据える。

すでに、軍勢の姿は視界に入っていた。

まだ遠いが……なかなかの数だ。

一騎当千の英雄がどれほど奮戦したところで、あっけなく飲み込まれてしまいそうな圧力がある。三千とは、そのような数字だ。

ぼくは空を飛ばす式神の視界も使って、軍勢の様子を観察する。

荒いが、一応の隊列は組まれている。装備は貧弱で、鎧を着ている者は一人もいない。進軍速度はだいぶ速かった。あれで体力が持つのかと心配になるほどだ。

口元に手を当て、考える。

「装備は予想通りだが……思ったより秩序だっているな」

やはり指導者がいるのだろうか。

それだけでなく、反乱軍を複数に分けてあのように運用できるということは、用兵の心得がある部隊長役まで複数いることになる。ただ、あの後先考えないような進軍速度を考えると、本職ではないのか……。

「うーん、壮観です。おろかな人間があんなにたくさん。鳥肌が立ちそうだ」

隣で聖騎士レンが、澄ました笑みで言う。

「で、どうするつもりですか？　おろかな人間。さすがのボクでもあの数を相手にするのはごめんなので、いざとなれば逃げさせてもらいますけど」

「言っただろう」

ぼくは鼻で笑って答える。

「全員捕まえるんだよ」

すでにヒトガタの配置は終えていた。

一応アミュたちには街に入ってもらっているが、わずかにも漏らすつもりはない。

異様に速い進軍速度のせいで、すでに反乱軍は前列の兵の顔が識別できそうなほどに接近していた。

ぼくは片手で印を組む。

事前の警告はしない。反乱軍は投降しても極刑か奴隷落ちだ。誰も降伏勧告になど応じないだろう。

だから、初手で決める。

ヒトガタを使い、反乱軍を大きく囲むように結界を張る。解呪ではなく、術の影響を外に出さないためのものだ。

小声で真言を唱える。

「――ओम् अग्नि भूमि स्वाहा」

《火土(かど)の相――希臘煙(きろうえん)の術》

軍勢を閉じ込めた結界内部に、濛々(もうもう)とした白煙が満ち始めた。

白煙は瞬く間に反乱軍を包み込み、その姿を覆い隠してしまう。

ぼくはふう、と息を吐いて印を解く。

「これで終わりだ。あとは弱った連中を捕まえていくだけだな」

反乱軍を飲み込んだ白煙。それは俗に、〝スパルタの煙〟と呼ばれる毒気だった。

硫黄を燃やすことで生まれるこの毒気は、吸い込めば目や喉(のど)に強い痛みが生じる。かつてギリシアの都市国家の一つが、城攻めの際に用いたと言われているものだ。

濃度が高くなれば死んでしまうが、適度に吸わせれば敵の抵抗を封じ、無力化することができる。

完全に動けなくなるわけではないが、十分だ。一時的にでも抵抗を止められれば、自由を奪う方法はいくらでもある。

ぼくは、結界内に満ちる白煙の濃さに注意を払いつつ呟く。

「もうあと少しってところか……。あまり長く吸わせて、指揮官役に死なれでもしたら面倒だ」

「おろかな人間は、奇妙な魔法を使うものです。あの四角い結界に満ちているのは煙ですか？」

「ただの煙ではないけどな」

「なんともひどいことをします。おろかな人間には人の心がないのですか？　あれでは戦場の誉れも何もあったものじゃない」

「ぼくが戦場に立った時点で、そんなものは誰も得られない」

「ずいぶんな自信で結構。しかし……大丈夫なんですか？」

レンが、澄ました笑みを崩さずに訊ねてくる。

「先ほどから一向に、悲鳴もうめき声も聞こえてきませんが」

「っ……!?」

ぼくは、はっとして前に向き直った。

結界と白煙に変化はなく、軍勢は静かなものだ。

だが、静かすぎる。《希臘煙》は目や喉を侵す。なんの声も上がらないのは明らかにおかしい。

疑念がこみ上げる中、ぼくは呟く。

「まさか、全員死んだ……？　いやだが、そんな濃度ではないはず……」

少なくとも即死はありえない。

ならば、何が起こっているのか。

身構えつつも、結界を解く。まずは状況を見極めなければ。

毒気が風に吹き散らされる、その前に――――軍勢が、白煙の中から歩み出てきた。

「は……!?」

思わず驚愕の声を上げる。

軍勢にはなんの変化もない。ただ中断していた進軍を再開したといった様子だ。

しかしありえない。目や喉を侵す毒気に晒され、何事もないなど……。

「なんだ……？」

その時、ぼくは気づいた。

反乱軍の様子がおかしい。

兵たちに生気がなかった。目が虚ろで、足取りもどこか覚束ない。斜め上を見ながら歩いている者もいれば、大怪我でもしているのか、半身が血で染まっている者までいる。

「っ……！」

式神の視界で見た光景をよく思い返し、ぼくは歯がみした。

こいつらは、ぼくの呪いでおかしくなったわけではない。

――――最初からこうだった。

「あははぁ」

気の抜けた哄笑をあげ、レンが前に歩み出た。

そして、腰に提げていた妙に分厚い鞘から、静かに短剣を引き抜く。

「おもしろいですねぇ」

それは、鉱石でできた剣だった。

剣身が金属ではなく、何らかの鉱物を切り出したものになっている。その鮮やかな色合いからするに、魔石……それも、相当に希少な上級魔石だ。

鉱物は硬く、それだけに割れやすく、剣として使うには向いていない。おそらく、敵の剣を何度も受ければ砕けてしまうような代物だろう。

レンはそれを振りかぶり――――迫り来る敵に向かって振り抜いた。

反乱軍とはまだかなり距離がある。短剣の刃が届くはずもない。

――――だが、届いた。

剣身から放たれた、無数の魔法の刃が。

「な……」

前列の兵たちが、炎で焼かれ、風に斬られ、氷に貫かれ、石礫に打たれ、倒れていく。

まるで巨大な刃によって斬り払われたかのように、軍勢の一部がごっそりと削られていた。

レンが再び、短剣を振りかぶる。

それを見て、ぼくははっとして声を上げる。

「っ、やめろ！　あいつらは……」

「おろかで無様で、まったく仕方のない人間」

大きな動作で、レンが短剣を振るう。

再びあらゆる属性の魔法が放たれ、刃となって剣身の延長上にある反乱軍を削っていく。

「さすがに、この事態は想定していなかったようですね」

聖騎士の笑みは、いつのまにか意地の悪いものに変わっていた。

「反乱軍――もう全員死んでいますよ」

「な、何……？」

意味がわからず訊き返すぼくに、聖騎士はどこか得意げに言う。

「おろかな人間にもわかりやすく説明してあげましょう。あれらはどうやら死体のようです。動いているということは当然、何者かに操られている。つまりあの軍勢は、すべて死霊術士の操る死体――死霊兵です」

「死霊兵……？　あれらすべてがか」

死体に霊魂を入れて操る死霊術は、前世でもありふれた技術だ。

宋の道士が使う跳屍送尸術などが有名だが、他にも世界中の様々な呪術体系にこういった技術が存在している。

帝都の武術大会で戦ったことから、こちらの世界にも死霊術士がいることは知っていた。

死体なら、毒気が効かなかったことにも説明がつく。

だが……。

「三千という軍勢すべてを操っているだなんて、そんなことが……」

「あれらに集まっている精霊は、闇属性のものがほとんどです。普通の人間の群れにこんなことはありえない。典型的な死霊兵ですよ。それに」

短剣を振るう手を止めずに、レンは言う。

「三千ではないです。たまたまボクらが迎え撃った分だけが死霊兵ということもないでしょう。きっと反乱軍のすべて……数万の死体が操られています」

「……」

思わず言葉を失う。

だが確かに、そうだとすれば様々な事象に説明がつく。奴隷と信徒という、まったく異なる暴徒の集団が一つにまとまったことも。部隊を分けて運用できるほどの、秩序だった指揮系統が存在していることも。

しかし……だとすれば、これを為したのは相当な技量を持つ術士だ。

毒気で覆っても術が維持されている以上、術士本人はあの場にいない。どこか遠くから操っていることになる。もしかすると、異なる場所の軍勢も同時に。

死霊術としては、前世でも類を見ないほどの規模だ。

レンが澄ました笑みとともに言う。

「どうしますか？　おろかな人間。このまま打つ手がないのなら、ボクは逃げますけど。おろかな人間たちの街は蹂躙(じゅうりん)されるでしょうがボクには関係ないことです」

言いながらも、森人（エルフ）の聖騎士が手を止めることはない。死霊兵の軍は前列からどんどん削られていく。

だがそれでも、殲滅（せんめつ）することはできないのだろう。現に、徐々にだがぼくらと軍勢との距離は縮まっていた。

ぼくは舌打ちし、新たに一枚の呪符を浮かべる。

「打つ手なんていくらでもある」

そしてそれを、死体の群れに向けて地を這（は）うような軌道で飛ばした。

無力化するだけなら、解呪して死体に還してやればそれで済む。

だがその場合、魔術的な痕跡（こんせき）も一緒に消してしまいかねない。手がかりが見つかる可能性がある以上、できれば避けたい。

ならば、物理的に壊してやるだけだ。

滑るように飛ぶヒトガタは、反乱軍の前列手前で勢いを落とし、地面に貼り付いた。

片手で印を組む。

《金（ごん）の相――針山（はりやま）の術》

軍勢の足元から、無数の棘（とげ）が突き出した。

鈍色（にびいろ）の鋼でできた円錐状の巨大な棘の群れが、死体の集団を貫き、その歩みを止める。

痛みを感じないためか、どの死体もまだ前進しようとしていたが、できるわけがなかった。ひとまず、これで侵攻は止められただろう。

一体も漏らさないようかなり広範囲に発動したために、反乱軍の周囲一帯が針山地獄のようになっていた。

「っ……」

さすがに圧倒されたのか、森人の少年は絶句していた。

ぼくは、そんな彼に向けて告げる。

「この後、あれを調べる。逃げるなよ、聖騎士」

### 希臘煙の術

亜硫酸ガスを発生させる術。硫黄を燃焼させることによって生まれる二酸化硫黄、いわゆる亜硫酸ガスは、曝露(ばくろ)した者の目や喉、鼻に強烈な痛みを発生させ、その濃度や吸入時間によっては死に至らしめることもある。史実では、古代ギリシアにおいてスパルタ軍がペロポネソス戦争の際に用いており、人類史上最古の化学兵器ともいわれる。本来は無色の気体だが、セイカは効果範囲を判別しやすくするため、蒸気を混ぜた白煙の形で使用している。

### 針山の術

鋼鉄でできた円錐状の巨大な棘を大量に生み出す術。あまり正確な狙いはつけられず、主に密集した敵に対して用いる。

## 其の三

「帝都に戻ろう」

その日の夜。アミュたちを集めたぼくは、滞在中の宿の一室でそう告げた。

事情は一通り説明したが、かなり衝撃的な内容だったので彼女たちが飲み込めているのかは怪しい。

それでも、ぼくは言うべきことを続ける。

「前提が変わった。こんな状況で反乱の鎮圧なんて続けられない。反乱軍自体がまるごと死体に置き換わっているんだ、どうするにしても一度帰った方がいい」

敵は暴徒の集団ではなく、帝国に害意を持つ強大な魔術師だ。

その事実だけで、とるべき対応は大きく変わる。

「明日、準備が出来しだいここを発つ。みんな、それでいいな？」

ぼくが念を押すと、アミュが渋るように言う。

「でも……死体になっていても、他の街を襲おうとしてるんでしょ？　誰かが止めないと……」

「それはぼくらの役目じゃ……」

言いかけて、やめる。

今のアミュに正論を言っても仕方がない。

「……敵は相当に腕利きの死霊術士だ。帝国はそのことを知らない。ぼくらで死霊兵を止めることはできるが、肝心の術士の居場所はわからず叩けない。つまり、ここで戦い続けてもよそで被害が広がるだけだ。それなら報告に戻り、帝国の諜報部隊に居場所を探ってもらう方がずっといい」

「報告するだけなら、フィオナに使いを出すだけで済むじゃない。あたしたちまで帰る必要ないでしょ」

「……アミュ」

ぼくは苦い顔になる。

確かにそうではあるのだが……いったいどう言えば説得できるのだろう。

「……もしぼくらが、自分たちで反乱の噂を聞き、自分たちの意思だけでここに来たのならそれでもいい。だが今ぼくらがここにいるのは、皇帝に頼まれたからだ。頼まれ、引き受けた以上、勝手なことはできない。前提が覆るほどの情報を得たのなら、報告して指示を仰ぐべきだ」

ぼくは、なんとなしに付け加える。

「皇帝だって、それを望んでいるはずだ」

「……」

聞いたアミュは、唇を引き結んで押し黙った。

それから、ぽつりと言う。

「……わかったわ」

ぼくはほっと息を吐いた。

アミュにはわざわざ言わなかったが、戻って何を言われようと、もうこの件からは手を引くつもりだった。こんな事態は予想していなかっただろうが、フィオナやユキの懸念が当たってしまった形になる。

アミュをどう説得するかは……戻ってから考えることにしよう。

と、その時。

「ボクは反対です」

唐突に、レンが声を上げた。

澄ました笑みで言葉を続ける。

「戻るなんてとんでもない。姫様に迷惑をかけないでください」

「……はあ？」

ぼくは聖騎士を睨んで言う。

「言っている意味がわからない。この状況で、なぜぼくらが戻ることがフィオナの不利益になるんだ」

「前提が覆った、本当にそうお思いですか？」

半笑いのレンがぼくに目を向ける。

「おろかで、なんともおめでたい人間。ずいぶんとこの国の王を信頼しているんですね。……あれが死霊軍の事実を知らなかったと、本気でお思いですか？」

「……まさか」

ぼくは言葉を詰まらせる。

皇帝は、実はすべてを知っていた。

それは決してあり得ない話ではない……。むしろ、ぼくらが到着してすぐに知ったようなことを、皇帝が把握していないという方が不自然に思えた。

だが。

「……全部知ったうえで、ぼくらをここに送り込んだと？　なぜそんなことを……情報を伏せる必要がどこにあった」

「わかりません。この国の王が考えていることなど、ボクには何も。ですが今帝都に戻れば、あなたがたはいささか悪い状況に陥ります」

「だから、どうなるというんだ」

「皇帝の勅命を受けながら、勇者はそれを放棄して戦場から逃げ帰った……皆、そのように捉えることでしょう」

レンの言い分に、ぼくは眉をひそめる。

「何もかも違うじゃないか。議会を経ていない以上は勅命じゃない。逃げ帰るわけでもなく、報告に戻るだけだ」

「それはただの事実です。事実など、政(まつりごと)の場においては簡単に覆る」

「馬鹿馬鹿しい。帝国の司法は皇帝の支配下にない。事実に基づかなければ刑罰も下せない。失態をでっち上げたところで、何も……」

何もできない、と言おうとして、ぼくは言葉を止めた。

何もできない……本当にそうか？

「何もできないわけがない。むしろ何でもできてしまう」

レンが笑みを暗くして言う。

「罪をそそがせるという名目で、あらゆることを命じられる。勇者は皇帝の支配下に置かれるでしょう。罪などないという声は、周囲が上げる非難の声にかき消されてしまう。政の場とはそういうものです」

「……」

「悪ければ、その累は繋がりのある姫様にまでおよびます。だから戻るなと言っているんです」

「……その理屈で言えば、戻らなくても結末は同じじゃないか」

ぼくは声を低くして言い返す。

「重要な事実を知りながら、それを隠しいたずらに被害を拡大させた。そんな絵図だって描ける」

「ええ。ですが一つ、決定的に違う点があります」

「なんだそれは」

「あなたがたがここにとどまり、死霊軍相手に戦い続ければ――人命が救われるということですよ。おろかな人間」

レンが笑みとともに続ける。

「人命は領主の財産であり、帝国の財産とも言える。それを守った事実は、ありもしない罪への対抗札となる。あなたがたはそんなもの持っていたところでどうしようもないでしょうが、姫様ならばうまく使えるでしょう。領民を救われ恩義を感じる領主、英雄への非難に引け目を覚える議員。そういった者たちに取り入って、支持を得られる。それが最終的には、あなたがた自身を救うことにも繋がります」

「……」

「理解できましたか？　おろかな人間。勇者はもう、英雄になる以外ないんですよ」

半笑いの森人（エルフ）に、ぼくは舌打ちを返す。

思った以上に最悪の状況だった。どこまでがこの聖騎士の言うとおりになるかはわからないが、戯（ざ）れ言（ごと）として聞き流すには筋が通りすぎている。

レンが続けて言う。

「さらに、死霊軍と戦い続けることで、状況を覆す決定的な情報を掴（つか）めるかもしれません」

「なんだそれは」

「決まってるでしょう。死霊術士の居場所ですよ」

少年聖騎士が笑みを深める。

「そいつさえ倒してしまえば、今回の反乱は鎮圧完了。王の願いを叶えた勇者は、誰からも責められることなく、むしろ大変な名声を得られます」

「……現実的じゃない」

ぼくは目を伏せ、首を横に振る。

「死体からは何もわからなかった。よその死霊兵も同じだろう。他に居場所を探る手がかりが見つかるとは思えない」

敵はやはり、相当に力のある術士のようだった。

串刺しの死体を、まだ動いているうちから調べたにもかかわらず、術士に繋がる痕跡は見つからなかった。そもそも、力の流れすらも自然な形に偽装されていたのだ。レンが精霊の挙動で異常に気づかなければ、もっと発覚が遅れていたかもしれない。周到にもほどがある。

正面から打倒するのは容易いだろうが、こういう術士は正面切って戦ったりはしない。見つけ出して倒すなど、かなり難しいように思えた。

レンがいつもの、澄ました笑みに戻って言う。

「あきらめの早い、おろかな人間。ボクは無理とは思いませんけどね。運が巡ってくることだってきっとあるでしょう。とにかく、何度も言いますが、戻ろうなどとは考えないように」

「……」

ぼくは黙考する。

どうやら、残って戦うしかなさそうだ。

ここに死霊兵は残っていないから、別の都市へ向かうことになる。蛟を使えれば楽だが……さすがに人間の地でそんなことはできない。移動ばかりで、この子らも大変だろうが……。

「セイカ……あんた、帝都に帰ってもいいわよ。イーファにメイベルも」

その時、アミュが唐突に言った。

下を向いたまま……しかし、決意を込めたように続ける。

「もう誰も殺さないとか、関係ないでしょ。みんな死んじゃってるんだから。あんたたちを巻き込んじゃったのは、あたしが安請け合いしようとしたせいだし……きっとあたし一人でも、なんとかなると思うから。よくわかんないけど、そんな気がするの」

誰とも視線を合わせることなく、アミュは言う。

ぼくらに負い目を感じているのが見え見えだった。

ただ、その一方で……自分一人でも戦えるという言葉に、気負いや虚勢の響きはない気がする。

「だから、あんたたちは戻りなさいよ」

「嫌」

きっぱりと言ったのは、メイベルだった。

「ラカナでも言った。最後まで付き合うって。それに、アミュは肝心なところで抜けてるから、危なっかしい」

「わたしも……残るよ！　あんまりできること、ないかもしれないけど……」

「……あんたたち」

イーファも続けて言い、アミュが二人と顔を見合わせる。

それから、恐る恐るといった仕草で、ぼくを見た。

思わず笑って言う。

「……馬鹿だな。ぼくに任せて……」

口から出かけた言葉にはっとし、一瞬口をつぐんだ。

しかし、すぐに笑みを戻して続ける。

「……任せておけよ。パーティーメンバーなんだから」

「……悪いわね。あたしも、自分にできることはするから」

と、アミュが小さく笑って言う。

同じく笑みを浮かべるぼくだったが……内心では、漏らしそうになった言葉への動揺が残っていた。

――――ぼくに任せておけよ、弟子なんだから。

かつてあの子に放った言葉を、無意識になぞろうとしていた。

◆　◆　◆

フィオナは、聖騎士とは別に情報収集のための部隊も飼っている。

早馬によってもたらされる彼らの情報によって、反乱軍の位置や進軍先は、大まかにではあるが知ることができた。

「……間に合わなかったか」

街の光景を見て、ぼくは呟く。

反乱軍の一つが向かっているという情報のあったその都市は、すでに陥落していた。

市壁は、一部が完全に崩れている。建物もそこかしこで破壊されており、遠くに黒い煙が上がっている場所もあった。

何より――生者の気配がない。

「なによ、これ……これじゃもう……」

アミュが愕然と呟く。

イーファやメイベルも、言葉を失っているようだった。

と、その時。

「あっ、発見です」

レンが暢気な声を上げた。

そのまま流れるように、短剣を振り抜く。

風と砂礫の刃が飛び、物陰から姿を現した死霊兵を縦に割っていた。

「本隊は去ったようですが、やっぱりある程度死霊兵を残しているようですね」

魔石の短剣を軽く肩に担ぎながら、少年聖騎士は言う。

「まずはそれらを片付けましょうか。じゃあボクは向こうの方を見てきますので、あなた方は他をお願いします」

そう言い残すと、すたすたと早足で歩き去ってしまった。

だいぶ勝手な行動に、呆気にとられるぼくら。だがすぐに、アミュが意気込んで言う。

「あたしたちも手分けして見て回るわよ！　もしかしたら生きている人がいるかも！」

「う、うん！」

「わかった」

駆け出そうとする三人に、ぼくは一応言っておく。

「イーファはメイベルと一緒に行け。後衛一人だと危ない」

イーファは一瞬足を止めると、うなずいてメイベルの後を追っていった。

本当はアミュも単独行動させたくなかったのだが……まあ あの子は大丈夫だろう。

「さて……」

扉を開け、位相からヒトガタを大量に取り出す。

十枚ほどをカラスに、残りすべてをネズミに変え、次々に街へと放っていく。

これでそれなりに広い範囲を探れるだろう。

「こちらは一番厄介そうなのを片付けに行くか」

街の中心に向けて歩を進めながら、ぼくは式神の視界に意識を向ける。

この都市を陥落させたのは、ただの死霊兵ではない。

奴隷や信徒の死体を操るだけなら、市壁や建物をここまで破壊できないだろう。

もっとも、すでに本隊と一緒に街を離れた可能性もあるが……。

「……ん？」

その時、視界に人影が映った。

薄汚れた衣服。虚ろな目で口から涎を垂らしながら、手に斧を携えている。

「オオッ！」

不意に、死霊兵がこちらに向けて地を蹴った。

ぼくは小さく嘆息してそいつから目を離すと、片手で印を組みつつ呟く。

「用があるのはこんなのじゃないんだよな」

《召命――比々留研》

空間の歪みから現れたのは、黄褐色の剣だった。

それはくるくる回りながら飛翔すると、迫る死霊兵の首をあっけなく切り飛ばす。

死体が倒れ伏すと同時に、剣も瓦礫の一つに突き刺さる。だが、しばらくするとぶるぶる震えだし、ぽんっと勢いよく飛び出した。

歩みを続けるぼくを跳ねるように追いかけ、やがて追いつくと周りをふよふよと漂い始める。

その様子を横目で眺める。まるで犬みたいだ。柄に嵌まっている、ぎょろぎょろと蠢く目玉さえなければ、かわいらしいとも思えるかもしれない。

比々留研は、年経た銅剣の付喪神だ。

器物は人間の強い想念を受けると、まれに妖に変化する。比々留研は作られてから八百年は経っている銅剣で、長く想念を受けてきたためか、付喪神にしては異常な神通力を持っていた。

銅剣であるにもかかわらず、その切れ味はどんな名刀をも凌駕するほどだ。

とはいえ付喪神は大人しいものが多く、こいつも例外ではない。生きている人間まで斬られてはたまらないから、今使うにはちょうどいい。

式神の視界に意識を向けながら、滅んだ街を歩く。

時折現れる死霊兵は比々留斫(ひひるきり)が勝手に斬ってくれるので、探索の邪魔をされることはない。

ふと顔を上げると、空に斜めの火柱が上がっていた。

おそらくレンの魔法だ。向こうの方が先に厄介なのと当たったのか。

「……お」

その時――ネズミの視界が捉えた光景に、ぼくは足を止めた。

「こいつのようだな」

小さく呟いて、そこにいた式神と位置を入れ替える。

目の前の景色が、がらりと変わる。広がったのは同じような街並みではあったが、細部が違っていた。

正面には、背の高い五階建ての建物。ただし、最上階には巨大な岩が埋まっており、半壊していた。その下の階には、恐慌(きょうこう)を起こし叫ぶ人々の姿が窓から見える。

そして――それを為した者が、大通りの路上から建物を見上げていた。

大柄な、やや太った男。生気はなく、明らかに死霊兵であることがわかる。だがその身には冒険者の装備を纏っており……手には、魔術師の使う杖が握られていた。

「……震え、響かせるは黄……永(なが)き風雨に、耐えし磐石(ばんじゃく)の精よ……」

口から漏れるのは、虚ろな呪文詠唱だった。

やはりか、と思いつつ、ぼくはヒトガタを飛ばす。

「死霊兵になっても、魔法は使えるんだな」

直後、死霊兵の魔術師によって放たれた岩塊が、解呪のヒトガタによって消失した。

意思の感じられない動きで、男がこちらに気づいたようにぼくに目を向ける。

そして杖を掲げると、その唇が再び呪文を唱え始めた。

やや哀れに思いながらも、片手で印を組む。

「……比々留斫を置いてくるんじゃなかった」

《土の相――天狗髭の術》

風を切る、甲高い音。

同時に、死霊兵の首が飛んだ。斬撃は周囲の建物にまでおよび、真一文字の粉塵を舞い上げながら塀や壁が切断される。

一拍置いて、頭部を失った死体が倒れ伏した。

ぼくは小さく嘆息する。

「あまり好きじゃないんだよな、この術」

周囲一帯を一瞬で切断した、火山岩繊維の糸を解呪して消す。

一応死体を調べたいが、後だ。ぼくは《天狗髭》で斬らないよう気をつけていた、生者の残る建物に近寄ると、下から声を上げる。

「助けにきました。崩れかけているので、慎重に降りてください」

中の人々は、窓からこちらを恐る恐る見下ろすばかりで返事もない。が、たぶんまだ怯(おび)えているだけだ。安全になったとわかればいずれ降りてくるだろう。

「さて……」

ひとまず、街を破壊したとおぼしきやつは倒した。

まだ似たようなのがいるかもしれない以上、もう少し探しておくべきだろうが、とりあえずは比々留研(ひひるきり)を回収しに戻った方がいい。あいつは放っておいても人を斬ったりはしないが、ぼくがいなくなって右往左往している気がする。

と、その時。一匹のネズミが、アミュの姿を捉えた。

その様子を見て……ぼくは妖(あやかし)の回収を後回しにし、彼女の下(もと)に向かうことを決める。

「アミュ！」

転移してすぐに声をかける。

崩れた建物の傍らで、大きな瓦礫(がれき)を持ち上げようとしていたアミュが、ぼくを振り向いて目を見開いた。

「セイカっ！　こっち来て！　手伝って！」

崩れた建物。その瓦礫の山の麓(ふもと)に、アミュはしゃがみ込んだまま声を張り上げる。

駆け寄ると、状況がわかった。

――――瓦礫の下から、小さな手が伸びている。

「下敷きになってるみたい！　あんたそっち持って！」

アミュが大きな瓦礫の端を指さして言う。

術で持ち上げる方が簡単だろうが……少々加減が難しい。下がどうなっているかわからない以上、手作業の方が安全だ。

「わかった」

アミュと息を合わせ、瓦礫を持つ手に力を入れる。

徐々にではあるが、持ち上がり始めた。

普通なら人の手に負えないような瓦礫でも、気功術とアミュの馬鹿力があればなんとかなってしまう。

たださすがに、ここまで大きな石材だと少し苦しい。ぼくは顔を歪ませながらアミュに言う。

「支えているからその子を引っ張り出せ！」

「わ、わかったわ！」

アミュがうなずいて、瓦礫を背で支えながら下に潜り込む。

すぐに、小さな体を抱えて出てきた。女の子のようだ。埃まみれで動かないが、微かに力の流れを感じる。気を失っているだけだろう。

アミュは女の子を地面に置く。

そして、何を思ったかまた瓦礫の下に潜り込んだ。

「っ、おい！」

「もう一人いたわ！」

叫び声が返ってくる。ぼくは汗を流しながら懸命に瓦礫を支える。

一度呪（まじな）いで何かつかえさせた方がいいか……？　と思い始めたとき、アミュが一人の人間を引っ張りながら出てきた。

その人物は、女の子よりもずっと大きかった。中年男のように見える。それがわかると同時に、ぼくは気づいて表情を険しくした。

アミュと男が完全に出てきたところで、支えていた瓦礫を手放す。大きな音とともに砂埃が舞った。

「はぁ……はぁ……」

アミュは荒い息を吐いていた。

ぼくは自分の呼吸を整えると、静かに口を開く。

「アミュ。その人はもう……」

「……わかってる」

アミュが唇を噛（か）む。

その男は、すでに息絶（いきた）えていた。

この街の住民だったのだろう。ありふれた格好をした、どこにでもいそうな一人の人間だった。

「あ……」

その時、小さな声が響いた。

女の子が、微かに目を開けている。

アミュが身を乗り出す。

「気がついたっ？　痛いところはない？」

「お、父さ……」

女の子は、その小さな手を動かない中年男に向けて伸ばしていた。

だがすでに気力の限界だったのか、その手は届くことなく地面に落ちる。また気を失ったようだった。

「……」

ぼくとアミュは、しばらくその場で、無言のまま立ち尽くしていた。

◆◆◆

ぼくらは一日かけて、街中に散らばっていた死霊兵をできる限り処理した。

カラスの視界が利かなくなる前にやめたが、その頃にはもう、どのネズミの視界でも死霊兵を発見できなくなるくらいには減らせていた。

といっても、ここを襲ったやつらを全滅させたわけではない。

破壊の規模から見るに、本隊はすでに街を去り、一部が残っただけにすぎないことは明白だった。その対処だけで、気力も体力もこれだけ奪われてしまったのだ。

生き残った住民たちは、今はいくつかの無事な建物に集まっていた。

皆疲弊(ひへい)していたが、取りこぼした死霊兵がいないとも言い切れなかったため、体力の残っている者たちが夜も交代で見張りに立っているようだ。

その雰囲気は、戦禍に遭い故郷を追われた者たちの野営地に似ていた。

「やはり懸念していたとおりだったようです」

灯りの下、レンが澄ました笑みとともに言う。

今、ぼくらは街の貸し馬車屋だった建物を借り受けていた。

すっかり日も沈んでおり、御者や世話係の者たちはすでに休んでいる。ぼくらもできれば休みたかったが、その前に話し合わなければならないことがあった。

「どうやら敵は、攻め落とした街の住民をも死霊兵にできるようですね」

レンの言葉に、皆表情を暗くする。

少年森人は、ぼくらの顔色など気に留める素振りもなく続ける。

「冒険者らしい死霊兵を何人か相手しました。十中八九、他の街で取り込んだ死体でしょう」

「……だろうな」

数万という反乱軍の規模から、それは危惧していたことだった。

奴隷と信徒の暴徒だけで、数万は多すぎる。当初その理由には見当がつかなかったが、反乱軍の実態が死霊兵となると、その調達方法は予想がついた。

レンが少々うんざりしたように言う。

「そしてどうやら、死霊兵の強さは元となった人間に左右されるようです。まったく骨が折れました」

と、疲れたように溜息をつく。

そう言う割に、聖騎士は傷一つ負っていない。

自分が戦った分を思い出すと、それなりに力のある冒険者たちが死霊兵となっていたようだったが……やはりフィオナに見出されただけはあるということか。

ぼくは言う。

「死んでいても、動いているのは人体に変わりない。筋肉が多ければ、それだけ力が出るのは当然だろう」

ただ予想外だったのは、死体が魔法まで使えた点だ。

こちらの世界の死霊術は、ぼくが思っていたよりも多くのことができるのかもしれない。

ぼくは続けて言う。

「そんなことより……このままいけば、死霊兵は際限なく増え続けるぞ」

街を滅ぼせば、死体がそのまま兵になるのだ。敵の数は雪だるま式に増えていく。

もちろん術士の限界はあるだろうが、すでにこれだけの数に膨れ上がっている以上、それがどれほどかはわからない。

「とてもぼくらの手に負えない。いくらか倒したところで焼け石に水だ」

「あの……フィオナさんには、もう報せを出したんですよね……？」

イーファが遠慮がちに訊ねると、レンはらしくもなく愛想のいい笑みを向ける。

「ええ、抜かりなく。初日に姫様と宮廷宛てに使いを出しています。心配しなくても大丈夫ですよお姉さん」

「……この森人、なんかイーファにだけは親切」

　メイベルがぼそりと言うと、レンが澄ました笑みに戻って言う。

「精霊が見える者は皆同胞です。共におろかな人間の国で生きる者として、親近感を覚えますね」

「うう、わたし、そんなつもりないんですけど……」

　イーファの困り顔を見ながら、ぼくは考える。

　帝都に知らせた以上、なんらかの対処がなされると期待したいが……報せは〝なかったこと〟にされることも多い。皇帝の腹づもりがわからない以上、あまり期待はできない。

「戦い続けるしかありませんよ」

　レンが笑みのまま言った。

「あなた方に、他の選択肢はない。当然理解しているものと思っていましたが」

　ぼくらは押し黙る。

　そのとおりではあった。条件は先日から変わっていない。帝都には戻れない以上、この先の見えない戦いを続けるしかない。

「そこの勇者も、わかりましたね」

「……」

　レンが言っても、アミュはしばらく黙ったままだった。

短い沈黙が流れる。

ほどなくして、アミュがはっとしたように顔を上げて言った。

「え、あれ、なに？」

「……戦うことを求められているのは、他でもないあなたなんですけどね」

澄まし顔でレンが嫌みを言うが、まったく話を聞いていなかったのか、アミュはきょとんとするばかりだった。

仕方なく、ぼくが言う。

「また移動して、戦場に向かうことになると話していた。大丈夫そうか？」

「……うん。わかったわ」

アミュがしおらしくうなずく。

「こんなことになってるんだもん、仕方ないわよね」

死体のそばで、黄緑色の光が舞っていた。

「こちらの蛍は、なんとも気味の悪い質をしておりますねぇ」

頭の上からユキが顔を覗かせて言う。

話が終わり、皆が休んだ頃。ぼくは、街の外の死体置き場にやって来ていた。

理由は、主に二つ。一つは、慌ただしくて満足にできなかった死体の調査だったのだが……深夜ということもあり、なんとなく気力が湧かないでいた。

ユキが続けて言う。

「死体に群がるとは。死肉でも喰らいに来たのでございましょうか」

「……蛍は、成虫になると水しか飲まないらしい」

ぼくは静かに答える。

「だから、血を啜りに来たのかもな」

「いずれにせよ気味が悪うございますねぇ」

「初めに死霊兵の一団を倒した時も、翌朝死体の群れの近くを飛んでいた。この辺の地域には多いのかもしれない」

風情のある光も、このような場所で見ると人魂のように見えてくる。

よくよく考えると、肌寒くなってきたこの時期に少々季節外れでもあった。そういう種類なのだろうか。

「ほう。まあそれはともかくとして……」

ユキが口調を切り替えて言う。

「ユキになにか、お話しになりたいことでもございましたか？」

「……」

もう一つの理由の方は、どうやら察せられているようだった。

ぼくはややばつが悪くなりながら答える。

「別に……特段話すことはない。ただ一人で考え事をしたかっただけだ」

「ほほう。ではユキは、セイカさまの独り言をただ聞いておくことにいたしましょう」

「……」

ここ数年で、ユキはずいぶんと言うようになった気がする。

百年近く生きて、こいつも成長した……というよりは、ぼくが不甲斐ないところを見せているせいでしっかりせざるをえないのか。

「ほら、どうぞお好きなように」

「……なんか、想像以上に厄介なことになったなぁ」

思わず口に出してしまう。

「いったいどこで間違ったのか……。お前は手を引くべきだったと言っていたが、冷静に考えてあそこから穏便に手を引けたとはとても思えない。思えば、宮廷とはあれほど距離を置こうとしていたはずなのに、だいぶ深入りすることになってしまった……。転生してからのぼくの人生、どうも根本的なところで間違っていた気がする」

なんとなくユキに指摘される気がしたので、ぼくは先んじて言う。

「言いたいことはわかる。勇者を利用しようなんて、らしくもなく小賢しいことを考えたことが元凶だったって言いたいんだろ。確かにその通りだよ。ただ、あの時は……」

「いいえ」

意外にもユキは、ぼくの言葉をはっきりと否定した。

「ユキは、そのようなことが原因だとは思いません。もっと根本的な……セイカさまの覚悟の問題だと考えます」

「え……ぼくの覚悟？」

「はい」

思わぬ言葉に動揺するぼくに、ユキはうなずいて問う。

「セイカさまが、縁のある者を助けられるのはなぜですか？　城を破り、人の身が到底敵わぬような物の怪を倒し、災害すら鎮められるほどのお力を、他者のために振るわれるのはどうしてですか？」

「それは……」

それが、人の本性だからだ。

たとえ悪漢と呼ばれるような人物が、転んだ子供に手を差し伸べたとて、それを意外に思う者は多くとも、異常だと捉える者は少ない。

人間ならば、他者を助けようとする心を多かれ少なかれ持っているものだからだ。

ぼくも、そんな普通の人間の一人であるというだけのこと。

ただ、ユキがそんなありふれた答えを求めていないことは明らかだった。

ぼくは、かつて自分の中で出していた答えを返す。

「……大したことないからだよ。城を破るのも、強大な敵を倒すのも、災害を鎮めるのも……ぼくにとっては、転んだ子供に手を差し伸べるようなものだ」

転んだ子供を助け起こす者は多い。

一方で、怪我が治るまで面倒を見てやる者は少ない。

人が他者のために費やせる労力には限りがある。

ぼくは――――こと暴力に限れば、人よりもその限りがずっと高い。

最強だから。

そうあることを望み、その頂にたどり着けたから。

ただそれだけのこと。

「ならばこそ……セイカさまは、この世界で人を助けようとしてはなりませんでした」

ユキは静かに言う。

「転んだ子供に手を差し伸べる、その程度にとどめなければならなかったのでございます。御前試合で邪視の童が死んだ時、勇者の娘が城にさらわれた時、セイカさまはどうなさいましたか。あのとき振るった力は、常人の範囲を超えるものだったのではございませんか。此度の生のために彼らをあきらめようと、わずかにも考えましたか」

「……」

「人のため、セイカさまにとっては取るに足らない……しかし他者にとっては絶大な力を振るえば、為政者に目を付けられるのは必然。勇者に関わらずとも、時間の問題であったとユキは思います」

「……」

「普通の人間は、弱き存在です。災いや暴力の前に為す術なく屈してしまう。セイカさまは……彼らと同じように、膝を突く覚悟がありませんでした。痛みを受け入れる覚悟がありませんでした。思うに前世での死は、セイカさまを多少疑心暗鬼にはしても、親しき者を見殺しにし、後悔に苛まれる覚悟を持たせるほどではなかったのでございましょう……。その時点で、普通の人生を送ることなど不可能だったのでございます」

ユキがはっきりとした声音で言う。

「此度の生に間違いがあったとすれば、それは弱き存在として生きる覚悟を決めなかったことだと、ユキは思います」

ぼくは、口を半開きにしたまま固まっていた。

ユキにここまで言われるとは思っていなかったのもあるが……説教の内容が、ぐうの音も出ないほど正論だったからだ。

思わず呻く。

「な……何も反論できない……思えば完全にその通りだ……」

もやもやと感じていたどうにもうまくいかない感覚が、綺麗に言語化されて腑に落ちた心地だった。

ユキに言われるまで気づかないって……ぼくは馬鹿じゃないのか？

当のユキは、澄ました調子で言う。

「素直に受け止めてくださったようでなによりでございます。ユキも前々から思っていたことを言えてすっきりいたしました」

「前から思ってたならもっと早く言ってくれよ……」

「実は喚ばれてすぐの頃からユキは内心で首をかしげておりましたが、そこはセイカさまのこと。なにか深いお考えがあるのかと思い、出過ぎた真似はせず控えておりました。今時を戻せるのならお伝えしていると思います」

「…………。いや待て。よくよく考えたらお前、ラカナとか魔族領の時はむしろ助ける方向で煽ってなかったか？　ぼくはそこまでするか迷ってたのに」

「あそこで彼らを見捨てたところで、セイカさまが生き方を変えられることはないと思ったためでございます」

ユキは言う。

「縁の薄い者は見捨てられても、勇者の娘がさらわれるようなことがまた起これば、セイカさまは迷わず力を振るわれたことでしょう。それではなんの意味もありません。彼らも見捨てられ損でございます」

「……」

「それならば、わずかな悔いも残さない方が幾分かマシ。そのように考え、進言奉りました。ユキも初めは自信がありませんでしたが、今では間違っていなかったと思っております」

ぼくは無言で、頭の上のユキを見るように視線を上に向けた。

こいつは……思った以上にぼくを見ていて、いろいろなことを考えていたようだった。

ぼくは指を伸ばし、ユキの細い体を撫でながら言う。

「お前いつの間にか、そんなに難しいことを考えるようになったんだな。あいつが屋敷に持ってきた時は、まだ人語もおぼつかなかったのに」

「ユキも成長しているのでございます。弟子たちに混じって聞くうちに、論語だってそらんじられるようになりました」

「……そうだったな」

思わず小さく笑みがこぼれた。

まだ、転生する前の出来事だ。

「じゃあ……これからどうするべきだろうか」

「ユキに難しいことはわかりません」

流れで訊くと、素っ気ない答えが返ってきた。

ずっこけそうになる。

「そりゃないだろ」

「とはいえ、普通の人間として生きるのはまず無理である以上、為政者とはうまく折り合いをつけていくほかないのではないでしょうか」

「折り合い、か……」

ぼくは溜息をつく。

どうにも難しそうだ。そういう人の思惑とか読むの、ぼくには向いてない。

「暴力でなんとかなればいいんだけどな……」

「人の世はそう単純ではございませんよ」

「妖に言われてしまっては世話がない」

「ひとまず、目の前のことから片付けられては？　死者の群れの方がまだ、力でどうにかなりそうにも思えますが」

「……こっちも、そう単純じゃないんだよ」

ぼくは思わず苦い顔になる。

ユキが意外そうに言う。

「呪いの比べ合いで、セイカさまがお手上げでございますか？」

「向こうの方が有利なんだ」

ぼくは言い訳するように言う。

「事前にこれだけ死体を用意されて、隠れられてしまってはどうしようもない」

「死体から居場所をたどれないので？」

「……悔しいことに、そこは相手が巧みだ。ここまでやるかというほどにあらゆる痕跡が消されている。何か美的なこだわりすら感じられるほどだ」

こういう一つの呪いをとことん突き詰めるような、求道者気質の術士はたまにいた。

ほぼ例外なく腕が立ち、普通の術士には理解がおよばない領域にまで到達していることもあった。

ユキが唸（うな）る。

「うむ。では手詰まりでございますか」

「……いや、そうとも限らない」

やや口ごもりながら、ぼくは言う。

「一つ、気になっていることはある」

「ほう。それは？」

「広すぎるんだ。死霊兵を操っている範囲が」

ぼくは続ける。

「報告を聞く限り、反乱軍はかなり広範囲に展開している。敵がどこにいるにせよ、死霊兵から離れすぎては普通術を維持できないはずなのにだ」

呪（まじな）いや魔法が作用する世界の第一階層に、距離は関係ない。だが、アドレスが離れすぎると関連性が切れて術を維持できなくなってしまう。

だからこそ、遠くまで影響をおよぼせる術は少ない。どんな呪詛（じゅそ）も山一つ越えれば効果が弱まり、海を越えればほぼ消える。呪物の類（たぐい）も同じだ。神魔は粘土板のような魔道具を使って他種族の王都と連絡を取っていたが、普段のやり取りは森を行き来していたことから、おそらく距離の軛（くびき）から逃れるだけの軽くない代償を支払っていたのだろう。

「むむ。では、敵は複数だということでございますか？」

「いや」

ユキの言葉に、ぼくは首を横に振る。

「こんな術士が二人も三人もいるわけがない。絶対に一人だ。それだけは確信している」

「となると……」

「必ず、何か工夫があるはずだ。ここまでの無理を通すほどの工夫が。それを見つけられれば、あるいは……敵の居場所を探れるかもしれない」

今の状況を解決できる希望は、それくらいだった。

「目星はついておられるので？」

「……何らかの方法で、術を中継しているのではないかと思う。普通に考えれば死体だが……決めつけない方がいいだろうな。少なくとも協力者との連絡には、そんな方法を採っているはずがない」

「協力者？　術士は一人のはずでは？」

「術士はな。だが、おそらくそいつの背後に誰かいる」

ぼくはわずかに顔をしかめて続ける。

「こういう求道者のような術士は、だいたいまともじゃないんだ。前世にもいただろ、そういうやつ」

「あー、たしかに幾人(いくにん)か心当たりが。主にセイカさまのご友人の中に」

「あの手の連中は、たった一人でここまで大それた事はできない。街の情報を集めるだけでも困難なはずだ」

侵略には、どこにどの程度の規模の、どのような街があるかを正しく知っていなければならない。

だがそれには、行商人に話を聞いたり、正確な地図を探して買い求めたりといった、ある種の社会性が必要になる。

力だけではどうにもならない。大事業を為すのに、一定のまともさは不可欠なのだ。

「どの時点から死体だったのかはわからないが、奴隷と信徒の集団を都合よく死霊兵に変えられたのも出来過ぎている。十中八九、死霊術士を利用している何者かが背後にいて……目的のために今も連絡を取っているはずだ」

おそらくは、こちらも距離の軛から逃れた術を使って。

早馬や鳥のような、足が付きかねない普通の方法はまず使わないだろう。

それなりに高いであろう、黒幕の地位を考えても。

「協力者は、少なくとも帝国の地理を知り、死体を用意できる程度には力がある者ということになる。ひょっとすると……帝都にいたかもな」

「……為政者、ということでございますか？」

「さあな。最初の反乱を主導したのは第二皇子と第三皇子らしいから可能性はあるが、この状況で得をしそうなのはむしろ商人のような気もする……いや、こちらも決めつけない方がいい。というか、無闇に探ろうとするべきではないな。やぶ蛇になりかねない」

世の中、知らない方がいいこともある。

今回の裏事情は、そういった類のものだ。

ぼくは溜息をついて言う。

「いろいろともどかしさは感じるが……ひとまずはお前の言うとおり、死体の群れをこつこつ倒していくしかないだろう」

そう言って、ぼくは伸びをする。

気づいたらだいぶ話し込んでしまった。死体調べはまた明日にして、今日は休むことにしよう。

そう思って踵を返した——その時。

「セイカさま」

ユキが、ふとぼくの名前を呼んだ。

思わず足を止める。

「ん?」

「ユキは先ほどあのように申しましたが……ユキはセイカさまの此度の生に、間違いがあったとは思っておりません」

ユキが、柔らかい声音で言う。

「様々なことがございましたが——とてもハルヨシさまらしく、生きられていると思いますので」

## 天狗髭の術

玄武岩繊維の糸で物体を切断する術。火山岩の一種である玄武岩を融解させ、繊維状に再成形した糸は、鋼線の約四倍の引っ張り強度に加え、優れた物理的・化学的特性を有する。火山毛という、これに近いものが自然界でも噴火によって形成されることがあり、日本では天狗の髭などと呼ばれ古くから知られていた。

## 其の四

フィオナの間諜からもたらされる情報を頼りに、ぼくたちは次の街へと移動した。

「今度は間に合ったようだけど」

街の外に広がる平野部で、ぼくは呟く。

今度の街は、以前のものよりも大きかった。市壁も比較的堅牢そうで、生半可な魔法では歯が立たないように思える。

ただ、だからこそと言うべきか……。

「ずいぶんと質のいい死体を駆り出したようだな」

ぼくの目前には、すでに――馬に騎乗した死霊兵の、馬上槍の穂先が迫っている。

《土の相――天狗髭の術》

火山岩繊維の糸が、神速の鞭となって放たれる。

風を切る甲高い音とともに、四体の死霊騎兵の首が飛んだ。

主人を失いながらも突進してくる馬たちを、その後ろに転移して躱す。四頭の馬は勢いのまましばらく走っていたが、やがて背中の首なし死体がどさどさ落ち始めると、街の手前で戸惑ったように足を止めていた。

その様子を眺めながら、ぼくは呟く。

「馬は生きているのか……死霊兵は馬も扱えるんだな」

「あのう、セイカさま」

耳元でユキが言う。

「矢が放たれたようでございますが」

ユキの言うとおり。死体の軍勢の中で、長弓を持った死霊兵たちが、山なりに矢を放っていた。

ぼくは馬から目を離し、振り返りながら答える。

「わかってるよ」

《陽の相――磁流雲の術》

浮かべたヒトガタを起点として、強い磁界が発生する。

磁界は迫る矢の鏃に作用し、そこに小さな稲妻を流す。稲妻が流れた金属には磁性が生まれ、《磁流雲》の強い磁界に反発するようになる。

結果――飛来する矢はすべて、ぼくを避けるようにして地面に突き立った。

周囲の矢を見下ろしながら、ぼくはまた呟く。

「けっこう狙いが正確だ。長弓なんてなかなかの高等技能だろうに……死霊兵にはこんな芸当もさせられるんだな」

陰陽道の技術体系にも死霊術の類は存在したものの、ここまで自在に死体を操れるものではなかった。

先日見た魔法を使う死霊兵もそうだが、生前に持っていた技能をうまく生かしているようだ。

敵ながら感心してしまう。

再び矢が放たれるが、もう見る必要もない。

ぼくは《磁流雲》を発動したまま、新たなヒトガタを浮かべる。残った死体の軍勢を見据え、一気に処理してしまおうとした――――その時。

ぼくの背後で、轟音(ごうおん)とともに大地が噴き上がった。

「なっ……？」

とっさに振り返る。

一匹の長大なワームが、土煙とともに地面から伸び上がっていた。

思わず唖然とする。

そのワームは死体ではなく、生きているようだった。

当たり前だが、ワームがこんなところに出るわけがない。力の流れを感じなかったことから、召喚されたわけでもなさそうだ。

ということは……軍勢の中に、死霊兵の調教師(テイマー)がいるのだろうか。

ぼくは呆れのあまり半笑いになりながら呟く。

「まあ、生きている馬を手なずけられる以上、モンスターを手なずけられてもおかしくないのかもしれないが……もうなんでもありだな」

ワームが大口を開き、はるか高みからぼくに襲いかかる。

転移するほどでもなかった。足を使って躱す。

ぼくを喰い損（そこ）なって地面に頭から激突したワームは、そのまま再び地中へと潜っていく。

「……遅いな」

図体こそまあまあでかいものの、ラカナで見たワームどころか、学園に襲来した兎人（うじん）の調教師（テイマー）が従えていた個体よりも弱そうだ。

ぼくはそのまま、死霊兵の軍勢の中へと走った。

当然取り囲まれ、剣を突き出されるが、体術と短い転移を使って躱していく。

「ワームがどうやって地上の獲物を認識しているのかわからないけど……」

少なくとも、同じような人体が大量に群れている中で、ぼくの位置を正確に捉えることはできないはずだ。

次の瞬間、再び大地が噴き上がった。その場にいた死霊兵数体が巨体に弾き飛ばされる。

まったく見当外れの位置に出たワームが、二体の死霊兵をまとめて咥（くわ）えていた。

「出てきたか」

一枚のヒトガタを飛ばす。

それは死霊兵の頭上を鋭く飛翔すると、ワームの体表に貼り付いた。

《陽（よう）の相――薄雷（はくらい）の術》

ヒトガタを起点に、稲妻が生み出される。

感電したワームが、伸び上がった体勢のまま体を引きつらせた。やがて数度痙攣（けいれん）すると、ゆっくりと体を傾かせ、地面にどう、と横倒しになる。

真下にいた死霊兵たちが、湿った音とともに潰れた。

ぼくは転移して軍勢の外に出ると、その光景を眺めながら呻く。

「うわ……失敗した」

巨大なワームが軍勢の中心で暴れて死んだせいで、隊列が大きく乱れていた。

散兵になってしまうと、《針山》が使いにくくなる。厄介なのはもういなそうだが、一番多い歩兵の処理が少し面倒になってしまった。

小さく溜息をつく。

「最初に出てきた時点で、ワームをさっさと倒すべきだったか……まあ仕方ない」

端の方から処理していこうと、集団からはぐれた死霊兵に目を向けた――――その時。

軍勢の中に、力の流れが起こった。

「っ、なんだ……？」

ぼくは反射的に、死霊兵の群れに目を戻す。

力の流れは続いている。魔法を使われている……にしては、何も起こっていない。

注意深く見ると、流れの元がわかった。ワームの死体のそばに佇(たたず)む、ローブを纏った一体の死霊兵。

その時――――ワームがゆっくりと、頭をもたげた。

「は……？」

思わず目を見開く。

倒し損なっていた、わけがない。確かにワームは死んだはずだ。

仮に回復魔法を使える死霊兵がいたとしても、死んだモンスターはどうにもできない。

ならば……可能性は一つ。

「まさか……死霊術なのか？」

死んだはずのワームは、今や完全に動き出していた。

地表を醜(みにく)くのたうち、周囲の死霊兵を挽(ひ)きつぶしながら、大口を開けてぼくに迫る。

「……チッ」

軽い舌打ちとともに、ぼくは苦い顔をしながら両手で印を組んだ。

そして、軍勢を囲むように配置していたヒトガタに呪力を込める。

次の瞬間――――すべての死霊兵が、まるで糸が切れたかのように地に倒れた。

大量にいる歩兵も、ローブの死霊兵も、ワームでさえも動きを止め、死体に戻っている。

無力化を確認すると、ぼくは組んでいた印を解き、結界を解除した。

小さく溜息をついて呟く。

「できれば、これは避けたかったが……」

「いやー、すごいすごい。大したものですね」

市壁の上に腰掛け、ずっと戦いを見ていたレンが、澄ました笑みを浮かべながら言った。

「もう、あなた一人でいいんじゃないでしょうか」

その声音には、若干呆れが混じっているようにも聞こえた。

◆◆◆

「まったく、敵の術士には驚かされる」

その日の夜。ぼくは再び、街の外に出ていた。

死体置き場に人気（ひとけ）はない。例によって、蛍が数匹飛んでいるだけだ。

ぼくは呆れ半分に呟く。

「まさか、死霊兵に死霊術を使わせるなんて」

魔法を使う死霊兵がいた以上、それはまったくおかしなことではなかった。

だがやはり、現実に見ると驚かざるを得ない。

「さすがに反則じゃないか？　死霊兵に死霊術を使わせ、その死霊兵に死霊術を使わせれば、いくらでも兵力を増やせる。もちろん魔力の限界や、質のいい死霊術士の死体が都合よく手に入るのかという問題で、現実には難しいだろうが……」

とはいえ、工夫次第でなんとかなりそうな気もしてくる。

特に死霊術を究めたような術士であれば、なおさら。

「しかしその死体を操る死体は、倒されたのでございますよね？　なにか手がかりは見つかりましたか？」

ユキが頭の上から顔を出して言う。

「殺（あや）めた住民を取り込んでいた以上、死体を操れる死体は敵の重要な戦力だったはず。ならば、その居場所に繋がる痕跡が残っていてもおかしくありません」

「……いや、残念ながら何もなかったよ」

ぼくは首を横に振って答える。

「死体の首には、ギルドの認定票が下がっていた。どうやらただの、冒険者の死霊術士だったみたいだ。どこかの街で取り込んで、他の死霊兵と同じように戦力として動員しただけだろうな」

「……そのように偽装した、とは考えられないので？」

「まあ、ないだろ。死んだワームの使い方が下手すぎた。普通なら地下に潜らせるところを、地上を這わせて味方まで巻き込む始末だ。さすがにあれが演技とは思えない」

「むむ……」

「重要な戦力なら、敵ももっと大事に扱ったはずだ。殺した住民の死体を死霊兵にしているのも別の方法だろう。もっとも」

ぼくは付け加える。

「術の痕跡は結界のせいで消えてしまったから、確かなことは言えないけどな」

「……あの、セイカさま」

ユキが言いにくそうに言う。

「どうしてあの時、結界を使われたので？　手がかりが失われるからと、避けていたではございませんか」

「あの場ではとっさに体が動いてしまったが……今思い返しても、別に悪い判断じゃなかったと思うよ」

まず最初にワームを無力化しなければならなかったのだが、近くにいたローブの死霊兵を巻き込まず、動きを止める方法は限られた。

さらに、そちらに手間取れば軍勢がますます散兵化し、鎮圧により多くの時間がかかることになる。

その時間的余裕で、妙なことをされないとも限らなかった。

こと呪いにおいて、ぼくが後れをとるとは思わない。しかしだからといって、今回の敵は舐めてかかれる相手でもないのだ。

失策だったと言いたげなユキに、ぼくは軽い調子で言う。

「結界を使わなかったとしても、どうせ手がかりなんて見つからなかったさ。そんなに甘い相手じゃない。それより……今日はわかったことが二つあった。戦果としては悪くない」

「む、わかったこととは？」

「一つ目は、城塞都市を落とした手段だな……ワームを使ったんだろう」

反乱軍が死霊兵だった以上、内通者に城門を開けさせるような手は使えるはずがなく、どうしたのかとずっと疑問だったのだが……今日やっとわかった。

街の外から中に向かって穴を掘らせれば、城壁なんて関係ない。そこから大量の死霊兵を送り込める。

ワームは死体でもいいし、昼間のように調教師の死霊兵を使ってもいい。用いる方法はいくらでもある。

今回、防衛の強固な街に対してあの部隊を向かわせていたことからも、間違いないように思えた。

さすがにワームの数は限られるだろうから、昼に潰せたのはおそらく敵の主力の一つだろう。運がいい。

ユキが言う。

「それはようございましたが、これから攻められる都市の住民でもなければ、あまり関わりのない話でございますね。して、もう一つは？」

ぼくは言う。

「敵の死霊術が、距離の制約を逃れている方法だ」

予想はしていたが、今日確信した。

「やはり、死体に死霊術を使わせているんだろう。そうとしか考えられない」

ただの死霊兵に死霊術が使えるのなら、ぼくの想像するような方法だって可能なはずだ。

ユキが訊ねる。

「昼間のような、死体を操る死体の兵を使っているということでございますか？」

「普通の死霊兵とは違うだろう。そのやり方だと、末端の死霊兵ほどコントロールがしにくくなってしまう。もっと洗練された方法……おそらくだが、自分の似姿（にすがた）となるような死霊兵を作って、術を中継させているんじゃないかと思う」

「似姿……とおっしゃいますと？」

「そのままの意味だよ。自分によく似た死体だ」

ぼくは言う。

「似れば似るほど、呪(まじな)いがよく伝わるようになるからな」

「あー……そういえば、前世にてセイカさまが弟子たちにそのようなことを語っていた場面を、見たことがあるような……」

「そりゃああるだろう。呪術思考の基本の一つだ。弟子には何度も説明している」

ぼくは続ける。

「形が似ているものには、同じ性質が宿る。人間はそのように思い込む傾向がある。もちろん、実際には違う。藁人形(わらにんぎょう)に髪の毛を入れ、釘(くぎ)を打ち付けたところで、それはただの器物に過ぎない。物理的には、髪の持ち主になんの損傷も与えられるはずがない」

ただ、とぼくは続ける。

「そこに思いが乗れば別だ。藁人形こそが髪の持ち主なのだと信じ込めば、釘を打つ行為は呪詛となり、本当の持ち主にまで届く。呪術の理屈など知らない素人でも、時に他者を呪うことができるのは、呪(まじな)いの本質が意識にあるからだ。魔法もそこは変わらない」

呪(まじな)いも技術の一つだ。

理屈があり、方法論があり、他人に教えることができ、同じ過程から同じ結果を導くことができる。

そして他の技術が、時に理屈よりも感覚や力に重きを置くことがあるように、呪（まじな）いも思いの強さが重要になる場面がある。

「術に使う道具の形を何かに似せることは、その思いを強める工夫の一つだ。陰陽師の呪符が人の形をしているのもそれだな。これは逆も然（しか）りで、たとえば木彫りの熊を使って人を呪（のろ）えと言われたら、ぼくでもかなり苦しいだろう。どうしても意識が熊に引っ張られてしまう。何も使わない方がマシなくらいだ」

「……」

「ん？　どうした？」

「あ、いえ」

なぜか黙り込んでいたユキに問いかけると、はっとしたような返事が返ってきた。

「ええと、それならば……敵の術士は自らに似た死体の兵を用意し、それに自身の呪（まじな）いを伝わせている、ということでございますか」

「ぼくの予想ではな。死霊兵を自分自身だと強く思い込むことで、まったく同じ術を使わせる……ような理屈なのだと思う。中継役の死体を一定の間隔で配置できれば、それで距離の軛（くびき）から逃れられる」

「となりますと、敵によく似た死体を見つけられれば、何らかの手がかりが得られる可能性がございますね」

「ああ」

うなずいて、ぼくは言う。

「まあ敵の顔なんて知らないから、見つけようがないんだけど」

「そうでございますねぇ」

敵の手の予想がついたからと言って、別に状況が進展したわけではなかった。

ぼくは続けて言う。

「むしろ、協力者との通信手段の方からたどった方が早いかもしれないな」

「そういえば、そのようなこともおっしゃっていましたね。なにか当たりは付けられたので？」

「残念ながら、今のところはまだだ」

ぼくは渋い顔になって答える。

「死体で術を中継できるのなら、鳥の死体に手紙を運ばせるとか、一応方法はある。ただ、この手の術士がそんな誰でも思いつくような手を使うとは思えないんだよなぁ。もっと速くて、秘匿性の高い方法を考え出している気がする」

「鳥は十分速いのではございませんか？　それ以上となりますと……」

「大声を上げれば音の速度、狼煙や旗なら光の速度だ。周りにバレバレで伝えられる距離も短いが、速さだけはある」

「音や光に、速さがあるのでございますか」

「ああ。音は意外と遅いぞ。光はとんでもない速さだけどな」

話しているうちに新しい考えが浮かぶかと思ったが、うまくいかなかった。

そもそも、今その手段に当たりを付けるのは無理なような気がしてくる。

「まあ……わかるはずもないか。通信なんて極論、〇と一さえ表せれば成り立ってしまうんだ。手段の選択肢が多すぎる」

「〇と一だけでございますか？　それではせいぜい、『はい』と『いいえ』くらいしか伝えられないのでは？」

「そんなことはないさ。お前だって知っているはずだ」

「？」

「ほら、八卦だよ」

ぼくは言う。

「あれは陰もしくは陽の爻を、三つ組み合わせることで八通りの卦を表す。陰と陽、つまり〇と一だ。三爻ならば八卦だが、六爻ならば六十四卦、六十四通りの情報を表せる。ここまでくれば、日本語の音素を一つ一つ当てはめることだってできる。〇と一だけで、十分通信は成り立つんだよ」

これが七爻ならば百二十八卦、八爻ならば二百五十六卦だ。情報はいくらでも伝えられる。

実際にこのような暗号が使われていた例は知らないが、理屈の上では可能だった。

聞いたユキは、ややうんざりしたように言う。

「うーん……ユキに難しいことはわかりません」

「あ、そう……」

まあ弟子もこういう話は興味を示す者と示さない者とではっきり分かれていた。

ユキにも別に、理解を期待していたわけではない。

ぼくは小さく嘆息して言う。

「今回は幸いにも防衛が間に合ったから、数日は街に滞在することになるだろう。次に備えて、軍勢のうまい倒し方でも考えておくかな」

「おや、やはりもう結界は使われないので？」

「一応な。手がかりが残っている可能性は低いとは言え、術の痕跡は調べられるようにしておきたい」

ぼくは街へと戻るべく踵を返した。

歩きながらふと、気になっていたことを思い出し、口を開く。

「そういえばお前、何か気になることでもあったのか？」

「はい？」

「呪術思考の話をしていた時、なんだかぼーっとしていたようだったから」

しばしの間、沈黙が流れた。

ぼくの足音だけが、街の外に微かに響く。

「……いえ」

ユキが、おもむろに口を開いた。

「お話を聞き……腑に落ちたことが、あっただけでございました」

「腑に落ちたこと？」

　ユキはためらいがちに言う。

「人が、単なる似姿に元の存在を見出す心を持ち、セイカさまもその例外でないのなら……」

「……」

「セイカさまが勇者の娘に、やや過分なほど入れ込んでいたのは……その姿に、弟子であったあの娘の存在を、見出していたためなのだろう……と」

　ぼくは、足を止めた。

　月明かりに照らされ、長く伸びた自分の影を見下ろしながら、静かに答える。

「……そうかもしれないな」

◆　◆　◆

　数日後、ぼくたちはまたもや別の街にやってきていた。

　幸い今回も間に合ったようで、ぼくの前では死霊兵の軍勢が、街に向かって進行している。

「して」

　ユキが、頭の上から小さく顔を出して言う。

「あれらのうまい倒し方は、なにか思いつかれましたか？」

「まあね」

　軽く答えながら、ぼくは片手で印を組む。

《召命（しょうめい）――鴆（ちん）》

空間の歪みから、一匹の妖（あやかし）が姿を現す。

それは、一見すると普通の鳥のようだった。

猛禽（もうきん）のように大きな体。その全身は紫がかった黒に染まっており、嘴（くちばし）のみが赤い。

首の長い優美な影は、天竺（てんじく）に棲（す）まうクジャクにどこか似ていた。

ぼくは死体の軍勢を指さし、その妖（あやかし）に向けて告げる。

「行け」

「ぽぽっ」

鴆（ちん）は、鼓（つづみ）を打ったような奇妙な鳴き声で答えた。

翼を広げ、妖（あやかし）が飛翔する。その姿も、普通の鳥と何も変わらない。

やがて鴆（ちん）が軍勢の上空に差し掛かった時――それは起こった。

「オッ……」

小さな呻き声とともに、鴆（ちん）の下を行軍していた死霊兵たちが次々に倒れ始めた。

ただの一体も例外なく、足を止め体を強（こわ）ばらせたかと思えば、地に伏していく。そのまま起き上がる気配もない。

見ている限り、鴆（ちん）は何もしていない。ただ飛んでいるだけだ。それにもかかわらず、まるで見えない足が草むらを踏み倒しているかのように、真下の死霊兵たちが倒れていく。

その時、鴆（ちん）に近づきすぎた一体の式神の視界が消えた。

別の視界でそちらを確認すると、媒体のヒトガタが朽ち、力を失って空を落ちているようだった。

ユキが意外そうに言う。

「おや、死体にも鴆毒は効くのでございますね。セイカさまの毒の煙は効きませんでしたのに」

「そりゃあな。妖が神通力で作った毒だ、普通の毒とは違う」

鴆は、その身に猛毒を宿す妖だ。

その毒が効果をおよぼす相手は、人や獣に限らない。田畑の上を飛んだだけで作物は枯れ、樹に止まれば枝が朽ち、石ですらも割れ崩れてしまう。

それだけ聞けば呪詛のようだが、鴆が毒の妖だと言われる由縁は、羽根を酒に漬ければその劇烈な毒素を抽出できる点にある。この性質により、鴆は古くから人々の間で毒殺などに利用されてきた。暗殺を恐れた唐土の帝が、鴆の目撃された山を焼き払ったなどという伝説まであるほどだ。

毒の強さはある程度コントロールできるようなのだが……おそらくあれでもまだ全力ではないだろう。

「……どうやら、終わったようだな」

そんなことを考えているうちに、最後の死霊兵が倒れていた。役目を終えた鴆が意気揚々と戻ってくる。

「ぽぽぽぽ」

「ご苦労。ほら」

そう言ってパン屑を放ると、鴆は待っていたかのようにつんつんと食べ始めた。

その姿はまるで鶏だった。妖とは思えない。

鴆は、クジャクと同じく毒蛇を好むと言われる。

しかし実際には、虫でも木の実でも米でもパンでも、やればなんでも食べる。

毒が流れてしまうためなのか、妖には珍しく酒を好まないが、そういうところも含めてほぼ鳥だった。

パン屑を食べ終えて満足そうにしている鴆を、位相に戻す。

それから、倒れている死体の群れの様子を、カラスの式神を飛ばして確認していく。

「うん。予想通り、綺麗に倒せたな」

多少皮膚に爛れは見られるが、調べるのに支障はなさそうだった。

その爛れも、毒を抜けばいくらか薄まるだろう。鴆の毒は死体に残るので、後で焼くにしろ周りに拡散しないようそうした方がいい。

と、この後の運びを考え始めた――その時だった。

「……ん？」

カラスの視界、倒れた死体の群れの中心に、一つの人影が立っていた。

上等な全身鎧を纏い、剣を提げている。

周囲の死霊兵と比べると、ずいぶん充実した装備だった。兜に隠れて顔はわからないが……鎧の形状や立ち姿から、女のように見える。

ぼくは眉をひそめる。

つい先ほどまで、あんなのはいなかったはずだ。

光属性魔法で、毒を回復できる死霊兵がいたのだろうか。確かめるべく、式神のカラスを降下させる。

全身鎧の騎士は、腰をかがめ、死体から何かを拾い上げていた。

カラスがさらに降下し、それが何かわかる。どうやら死霊兵が武器にしていた、手斧（ておの）のようだ。

不意に――――騎士が、カラスを振り仰いだ。

式神の視界を通じ、騎士とぼくの視線が交錯（こうさく）する。

「っ……？」

次の瞬間、騎士がカラスに向け、手斧を投擲（とうてき）した。

刃物が迫ったかと思えば、式神の視界が消失する。

「……！」

式神が落とされた。

驚いて、自分の視界に意識を戻す。

遠く佇（たたず）む騎士は、ぼくを見ていた。

落とした式神ではなく、術士であるぼくを。

「ああ……少々厄介そうな相手だ」

呟きながら、ヒトガタを浮かべる。

念のため妖を呼びだしておこうと、片手で印を組んだ……その時。

騎士の姿が、一瞬かき消えたかと思えば――ぼくの目前で、その剣を振り上げていた。

「……っ‼」

振り下ろされた鋼の剛剣を、浮遊する銅剣が受けた。激しい金属音が響き渡る。

ギリギリで比々留斫の召喚が間に合った。ただし、あまり状況はよくない。

騎士の膂力は凄まじく、比々留斫は押されていた。柄の目玉が焦ったようにぎょろぎょろ蠢いている。

比々留斫と切り結べている時点で、剣自体も相当な業物だ。鈍ならば、受けた時に逆に両断しているはず。

妖と騎士の鍔迫り合いによって生まれたわずかな時間で、思考を整理する。

騎士が現れた瞬間、力の流れを感じた。転移魔法だ。ならば、闇属性を使う魔法剣士の類か。

方針を決めると、ぼくは顔をしかめながら呟く。

「なかなか面倒だな」

《木の相――蔓縛りの術》

騎士の足元から、太い蔓が伸び上がる。

それは鎧の上から巻き付き、騎士の体を拘束するかに思われたが。

「……！」

力の流れが生まれると同時に、騎士の周囲に炎が巻き起こった。

蔓はそれに飲まれ、あっけなく焼け落ちていく。

「火属性魔法か……」

少し予想外の対応をされたが、残念ながらそれは悪手だ。

《木の相――蔓縛りの術》

先ほどの三倍の量の蔓が、地面から噴出（ふんしゅつ）する。

鎧の不燃性を頼りに炎で燃やそうとも、いずれは伝わってくる熱に中の人体が耐えられなくなる。同じ手は何度も使えない。

「……ちっ」

小さな舌打ちの音。

同時に力の流れが生まれ、騎士の姿がかき消えた。

「そうだ」

そこで転移するはずだ。

ぼくは即座に、相手の剣が急に消えてつんのめっていた比々留斫（ひひるきり）の柄を掴んだ。

そのまま、勢いよく背後に振るう。

それはぼくの背後に転移し、振り下ろされていた騎士の剣を弾いていた。相手の動揺の気配が伝わってくる。

一方で、ぼくも思わず顔をしかめていた。

「っ……」

重い。

気功術による膂力と、比々留斫(ひひるきり)の神通力が乗って、騎士の剣はなお重かった。

しかし、それでも弾けた。狙い通りだ。

比々留斫(ひひるきり)が剣を受け、ぼくが術を撃ち放題になっていたあの状況を、騎士は脱しなければならなかった。

それには転移しかない。そして最も不意を突ける移動先は、完全に視界から外れる背後。

まあ、それだけに読みやすかったわけだが。

体勢の崩れた騎士へと、ぼくは一歩踏み込む。

剣の間合いの、さらに内側に入り、鎧に一枚のヒトガタを貼り付ける。

《陽(よう)の相――発勁(はっけい)の術》

騎士の体が、斜め上方に向かって撃ち出された。

《発勁》は殺傷効果こそないが、初見ではかなり対処しづらい。普通なら何が起こったかすらわからないだろう。

空中に撃ち出せば、剣を突き立てて止めることもできない。高速で飛ばされているあの状況では、移動先座標の指定が満足にできず、転移もままならない。

とはいえ……苦し紛れの転移などしたところで、無意味な手で仕留める。

《陽木火(ようもくか)の相――燈瀑布(とうばくふ)の術》

巨大な炎の波濤（はとう）が、騎士に襲いかかった。

燃え盛る油の波は、一面を火の海に変える。とっさの転移ではとても逃げ切れない。

勝負が決するかに思われた、その時。

騎士の持つ杖剣（じょうけん）に、強い力の流れが迸（ほとばし）り――次の瞬間、波の進行を阻（はば）むかのように、虚空から巨大な氷塊（ひょうかい）が落下した。

「な……」

氷に触れたところから、炎が消えていく。

油が冷え、燃焼を続けられる温度を下回ってしまったのだ。

騎士は体を反転させ、逆方向に凄まじい風属性魔法を放った。

反作用で《発勁》の勢いを止めると、空中で兜越しに、ぼくを睨む。

「……まずいな」

すぐさま比々留斫（ひひるきり）を後方に放り投げ、位相へと還（かえ）す。単体で歯が立たないなら邪魔なだけだ。

力の流れとともに、騎士の姿がかき消えた。そして一瞬の後、ぼくの眼前に現れる。

騎士は、剣を引き絞っていた。

次の瞬間――空間すら裂かんばかりの刺突が繰り出される。

それはぼくの心の臓を正確に貫き、息の根を止める……ことはなかった。

騎士がその剣先に捉えたのは、ただ一枚のヒトガタ。

「転移はぼくもできるんでね」

後方の式と位置を入れ替え、騎士から間合いを空けたぼくは、すでに印を組んでいた。

騎士の足元に残していた、一枚のヒトガタに呪力を込める。

《金(ごん)の相――――針山(はりやま)の術》

騎士を中心とした辺り一帯に、鈍色(にびいろ)の巨大な棘の群れが突き出した。

転移による回避を許さない、再びの広範囲攻撃。だがこれで仕留められるとは思っていない。

案の定、騎士は針山地獄を躱していた。

地を蹴り、さらには伸びてきた棘すらも蹴って、空中に逃れている。

だが、ここだ。

《土(ど)の相――――天狗髭(てんぐひげ)の術》

火山岩繊維の糸が、神速の鞭となって放たれる。

狙いは足。棘の先端を切り飛ばしながら、《天狗髭》が騎士に迫る。空中ならば躱せないはずだ。

――――しかし。

ヂンッ、という音。

同時に、騎士の左右に屹立(きつりつ)していた棘が糸によって切り飛ばされた。

騎士は剣を振り上げた体勢のまま、平らの断面を晒す棘の一つに、その足で着地する。

ぼくは舌を巻いた。

騎士は下段からの斬り上げで、《天狗髭》の糸を切断したのだ。

ほとんど視認できない細さのうえ、高速で飛翔している強靱な糸を、初見で。

感心している場合ではない。振り上げられたままの剣には、大きな力の流れが渦巻いている。

杖剣が振り下ろされたのと、ぼくがヒトガタを周囲に配置し終えたのは、同時だった。

次の瞬間――赤熱する巨岩が、虚空から大量に降り注いだ。

轟音とともに、周囲の大地が壊滅していく。

直撃する分は結界によって消滅するが、その高熱は空気を伝わり、ぼくにまで届いた。

頬に痛み。指で触れると、血が滲んでいた。どうやら周囲で砕けた石の破片が、飛んできて掠めたらしい。

身代による治癒が終わると同時に、魔法の隕石も止む。

騎士は、同じ場所に立っていた。さすがに消耗したらしく、息を切らしたように肩を上下させている。《天狗髭》を切断した際に端が掠めたのか、左の籠手からは血が滴っていた。

しかしその時、左腕に光属性魔法の淡い光が灯った。

ぼくはその意味を察し、呟く。

「治癒魔法まで使えるのか、あいつ……」

光が消え、騎士が感覚を確かめるかのように籠手を開き、握った。どうやら回復されてしまったようだ。

ぼくはわずかに苦い顔になる。

なかなかに剣呑な相手だ。

上位魔法を六属性分、完全無詠唱で発動している。さらには達人と呼べるほどの剣技に、膂力と戦闘勘まで備えている。黒鹿童子を相手取っても、それなりにいい勝負をしそうなほどだ。

初手からずっと拘束を試みていたが、どうにも難しい。

普通の拘束方法では転移で抜け出されてしまうし、かといって即死しない程度に痛めつけようにも、半端な術では今のように対処されてしまう。他の目もある手前、目立つ妖も使いづらい。

小さく嘆息し、気持ちを切り替える。

苦戦の一方で、確信できたこともあった。

拘束が難しいなら、この場で対話を試みるのも悪くない。ぼくはわずかに笑みを浮かべると、騎士に告げる。

「其の方は、どうやら死者ではなさそうだな」

いくらなんでも、こんな死霊兵はありえない。もっとも死霊術士でもないだろうが。

黙って返答を待つ。騎士は、息を整えるような間を置いた後、怒鳴るように答えを返してきた。

「なにやってるんだ、お前っ！」

その声は高い。女のものだった。

それは予想していた通りだ。しかし、意外な部分もある。

これほどの実力があるにもかかわらず、強者らしい圧がない。なんだか乱暴な子供のような喋り方だった。

そもそも、返答の意味もわからない。

「……何？　どういう意味だ、何が言いたい」

「なにやってるって訊いてるんだっ。もしかして、お前……敵になったのかっ⁉　あいつはどうした⁉」

「……悪いが、其の方がぼくに何を問いたいのかわからない」

ぼくは、嫌な予感がし始めていた。

人の身から逸脱したような強者の中には、精神が破綻している者も少なくない。

まったく噛み合わない話の内容からするに、この女騎士もその類である可能性がある。

「何をしているのかと訊かれれば……見ての通りだ。帝国のため、街を襲う死霊兵を倒している」

「はあ～っ？　帝国のためっ？　よくそんなでたらめが言えたな！」

女騎士が、怒りとともに叫ぶ。

「勇者の仲間が、この件に手を出すなっ‼」

「っ⁉」

ぼくは衝撃に目を見開いた。

「なぜ……そのことを知っている」

てっきり、死霊術士側の戦力なのではないかと思っていた。

だが、勇者の派遣を知る者は限られる。ならばこいつは宮廷の差し金、あるいは皇帝の私兵か。

いや……死霊術士側が、協力者から情報を得ている可能性も捨てきれない。

混乱の中、ぼくはただ問う。

「其の方は……何者だ？」

「……お前、思ったより無礼なヤツだな！　アタシは……」

と、その時。

女騎士を、炎と風と氷と砂礫の刃が襲った。

「うわっ！」

完全に不意を突かれた女騎士が、切断された棘の上から弾き飛ばされる。

ただ、思ったよりダメージがなさそうに見える。力の流れを見るに、どうやらあの鎧も魔道具で、いくらか魔法を無効化しているようだった。

「あははぁ、助太刀（すけだち）しますよーっ、おろかな人間！」

針山地獄の外側から、レンが叫んでいた。

らしくもなくどこか焦り気味に、上空へ振り抜いた魔法の刃を翻（ひるがえ）す。

「さすがのあなたでも、〝戦姫〟相手は荷が重いようでっ」

「戦姫……」

言葉を反芻すると同時に、再び刃となった魔法の群れが女騎士へと向かう。

先の攻撃で弾き飛ばされていた女騎士は、一際高く伸びた棘の先端に掴まるようにして、針山の間にぶら下がっていた。

間近に迫る極大の魔法と、それを操る少年森人（エルフ）の姿を見た彼女は、

「はあっ!?」

と、困惑と驚愕が等分に混じり合ったような声を上げていた。

そんな女騎士に、レンの魔法が容赦なく襲いかかる。

途上にある棘が、ことごとく破壊されていく。やはりかなりの威力だ。

だが彼女に到達する寸前、それは大幅に減衰していた。

女騎士の周囲には、円柱状に淡い光が灯っている。どうやら魔法を無効化する結界であるようだ。

しかし……光の円柱は、次第に削られ始めていた。

この女騎士の展開する結界でも、レンの魔法は防ぎきれないらしい。

「く……っ!」

悔しげな声を漏らして、女騎士の姿がかき消える。

転移した先は、レンとは反対側の、針山の外だった。

「お前たちのことは、報告しておくからなーっ!!」

そんな言葉を残し、女騎士の姿がまた消える。

どこにも現れない。空を飛ばしているカラスの視界で確認しても、転移した先はわからなかった。おそらくだが、遠くに見える森にでも逃げたのだろう。

ぼくは小さく嘆息する。

「いやあ、危ないところでしたね。おろかな人間」

振り返ると、レンが小走りで駆けてきていた。

あまり体力がないのか、すでに額に汗が滲んでいる。

ぼくは訊ねる。

「あれが……戦姫なのか？」

「え？　ええ。そうなのでは？」

レンが額の汗を拭（ぬぐ）いながら、澄ました笑みで答える。

「もちろんボクも初めて見ましたけど。あれほどの強さで女騎士となれば、噂の戦姫しか考えられないでしょう」

「……そうか。確かに、そうかもな」

反乱軍に先んじて来訪し、無類の強さで街を奪い取ってしまうという戦姫。そんな噂があったこと自体、すっかり忘れていた。

当初は反乱軍の指導者の可能性を考えていたが、少なくともそうではないようだ。

ただ……それ以外、何もわからなかった。

果たしてあれが、誰の駒（こま）なのかすらも。

再び嘆息する。

どうも、面倒事ばかり増える。

## 第二章　其の一

まだ人気のない明け方の街を、ぼくは歩いていた。

昨日のうちに終わらなかった、死体の調査の続きをするためだ。

とはいえ、まだ城門の開く時間でもない。市壁にたどり着いたぼくは足を止め、街の外の式と位置を入れ替える。

「……あれ」

目の前に広がった、死体の並ぶ平野。

そこに、一つの人影があった。

「アミュ……」

声が届いたのか、アミュは顔を上げてぼくを見た。

「あ、セイカ」

「……何やってるんだ？　こんな朝早くから」

アミュは地面に目を戻すと、再びシャベルを地面に突き立てながら、言った。

「見てわかるでしょ。穴を掘ってるのよ」

それから、まるで言い訳のように付け加える。

「埋めてあげなきゃじゃない、この人たち」

アミュはそう言って、ちらと並ぶ死体に視線を向けた。

鴆(ちん)の毒を抜いた元死霊兵たちの死体は、ほとんど損傷もなく穏やかな死に顔を晒している。

いつから掘っていたのか。アミュの足元は、すでに広い範囲が掘り返されていた。

ぼくはためらいがちに言う。

「別に、そんなことをしなくても……」

すべて灰にしてしまえばいい。

これまでの街でだってそうしていた。

しかし、アミュは手を止めることなく答える。

「しなくてもいいけど、したっていいじゃない。この辺りの地面、あんたが戦姫とかいうのとやり合ったから、ぼこぼこになってたでしょ？」

その場所は、ちょうどあの女騎士が隕石を落としていた場所だった。

魔法の岩は一応解呪して消したが、散々に荒らされた地面はそのままだ。

「だから、ちょうどいいかなって……。殺されたうえに兵士にされて、もう一回死んだら焼かれるなんて、あんまりじゃない」

「……」

この国では、死者は土葬にされる習慣があった。

それは宗教的なものだったが、別に景教(※キリスト教)や回教(※イスラム教)のように、死後の復活思想があるわけではない。ただ素朴(そぼく)な自然観から、死んだら土に還るものだという思想が受け継がれてきただけのようだった。

火葬されることだって、まったくないわけではない。

ただ、それでも……彼らの末路を哀れに思うことは、この国では自然なことだった。

アミュは、手を止めることなく言う。

「別に、手伝ってほしいなんて言わないわよ。あたしが勝手にやってるだけだから」

「……」

ぼくはしばらく、アミュが土を掘る様子を無言で眺めていたが……やがて、そのやたらに広い穴の縁まで歩み寄ると、位相からシャベルを取り出し、無言で地面に突き立てた。

「……」

ぼくが穴を掘り始めた様子を見ても、アミュは何も言わない。

言葉はなく、ただ二人の人間が墓穴(はかあな)を掘る音だけが、朝の平野に響いている。

「……どうやって、街を出たんだよ。城門は開いてなかっただろ」

ぼくが手を動かしたまま問うと、アミュは視線も合わさず答える。

「高い樹があったから、そこから壁の上に飛び移ったのよ」

「……ははっ、よくやるよ」

思わず笑ってしまう。

アミュらしかった。

「……ねえ」

しばらく沈黙が続くと、今度はアミュの方から話しかけてくる。

「ん？」

「死霊兵って……死んだ人の魂を、死体に入れて操るのよね」

「……ああ」

「じゃあ、そうやって操られていた人たちも、何かを感じたり、思ったりしてた
「……」

「あたしも」

アミュが、一瞬言葉を切る。

「あたしも、死霊兵に襲われた街で、残ってたやつを何体か倒したわ。あの時は、こんな
て許せないって、思ってたけど……でも、あたしに斬られた人たちも、なんでこんな目に遭わな
きゃならないんだって、思ってたのかしら。怖いとか、苦しいとか、感じてたのかしら」

アミュは、いつの間にか手を止めていた。

それでもぼくと目を合わせないまま、問いかけてくる。

「ねえ、セイカ……あんたになら、わかる？」

ぼくは、わずかな時間言葉に迷い、それでも答える。

「霊魂は……よく勘違いされるが、死んだ人の心そのものじゃない」

「……」

「人の心は、物として存在しているわけじゃない。心とは構造なんだ。頭の中で、複雑に発生し

ている様々な現象。その総体的な構造こそが、人の心になる」

ひよこをガラス瓶に密閉し、激しく振る。

ガラス瓶からは何も外に出ることはないが、しかしぐちゃぐちゃになったひよこからは、確かに大切な何かが失われている。

それが構造であり――心であり、生命の本質だ。

「霊魂は、その構造が世界に焼き付いた、いわば残滓にすぎない。時に元の人間に近い意識を持つこともあるが、それはとても本人とは言えない。無理矢理死体に入れたりすれば、さらに変質してしまうだろう。死霊術は、いろいろな種類があるが……どの方法を使って蘇生させた死体も、生者とまったく同じ行動を取ることはない。だから……」

ぼくは、わずかにためらいながらも言う。

「君が倒した者たちが、苦しんだということはないよ」

欺瞞だった。

本当のところはわからない。ぼく自身が死霊兵になったことがない以上、確かなことは言えない。

ただ、それでも――今生きている者のために、そう言わなければならない。

「ふうん……よかったわ」

アミュの返事は、そんな短いものだった。

再び手を動かし始める。

「……あたし、ちょっと甘く考えてたかも」

ぽつりと言ったアミュの言葉に、耳を傾ける。

「戦争って、こういうことなのね」

「……」

「こんなことをしでかす奴らの思惑が巡って、たくさんの人が不幸になって……。知らなかったわ」

「……」

「あたしなら、きっとそういう人たちを助けられるって思ってたんだけど……これ、みんなあんたが倒したのよね？　こんなことができるあんたですらお手上げなんて言うんだもん、ちょっと魔法と剣が得意なだけのあたしが、なんとかできるわけなかったわね。勇者なんて言われて、帝城にまで呼ばれて……思い上がってたのかも。あたし」

力強く土を掘り続けるアミュは、表情こそいつも通りだったが……どこかシュンとしているように見えた。

「あんたの言うとおりだったわ。こんなことに、首を突っ込むんじゃなかった」

「……そうでもないさ」

ぼくは、気づくとそう言っていた。

「君が崩れた建物から助けた女の子は、ぼくたちが首を突っ込まなかったらあのまま死んでいただろう」

「ねえ、セイカ」

アミュが地面にシャベルを突き刺し、こちらを振り向いて言った。

「あんた、死んだ人を生き返らせられるの？」

少女の若草色の瞳が、まっすぐにぼくを射貫いていた。

反射的に目を伏せ、呆れたように答える。

「できるわけないだろ、そんなこと」

「帝城から逃げる時……あたしが馬車に乗った後、あんたとフィオナが話してたのが、少し聞こえたのよね」

アミュは目を逸らさない。

「その時はよくわかんなかったし、あたしの勘違いかなって思ってたんだけど……謁見の間で、皇帝陛下が言ってたじゃない。死んだ兵はいなかったって。ありえないわよね。城壁の上に詰めてた衛兵とかもいたでしょうに、あれだけ破壊されて、誰も死んでないなんてこと。あんた、壊した物をみんな元通りに戻してたけど……あの時元に戻したのって、本当に物だけ？」

「……」

「あんたがその気になれば……この戦争で死んだ人、みんな生き返らせられるんじゃないの？」

ぼくはわずかな沈黙の後、首を横に振った。

「無理だ。それは本当だ」

一度死んだ者を、生き返らせることはできない。

死者の完全な蘇生には、死んだ事実そのものをなかったことにするしかない。

世界の記録を書き換える、名前もついていない大呪術。ぼくにはそれが可能だ。

しかし……死から時間が経つほどに書き換えるべき記録は増していき、その難易度は加速度的に上昇する。

ぼくでも、おそらく一日分すら遡れないだろう。

戦で死んだ、多くの無辜の民どころか――かつて病で亡くしたたった一人の妻すら、生き返らせることはできなかった。

それに……仮に可能であっても、ぼくがそうすることはないだろう。

「……そう。そうよね」

「君にそれができたなら、どうする？」

ぼくは、逆にアミュに問いかける。

「もし君が、死者を自在に蘇らせられたなら……この争いで死んだ者たちを、皆蘇らせたか？これから不幸に死ぬ者たちも、全員生き返らせるか？」

アミュは、しばらく黙ったままだった。

しかしやがて……首を横に振る。

「ちょっと考えてみたけど……しないかも」

「……どうして？」

「こんな言い方はあれだけど、あたしにはそこまでしなきゃならない理由がないし……責任を取れないから」

　アミュはぽつぽつと言う。

「たくさんの人を生き返らせられたら、きっとこの国が大きく変わっちゃうわよね。よくなるならいいけど、もしかしたら悪くなるところもあるかもしれない。そうなっても、あたしはどうしたらいいかわからないし……わからないから、怖い」

「……」

「そういうのってきっと、フィオナとか、皇帝陛下とか、あの第一皇子とかの領分なんだと思う。世界を変えて、たくさんの人々の暮らしを変える覚悟と才能のある人たち。能力があってもその覚悟がない、いざ世界が変わったらあたふたしちゃうような人間が勝手なことをしたら……やっぱりよくないことになる、気がする」

　アミュが、ぼくを見ながら続ける。

「ラカナでスタンピードが起こった時、あんた最初、あたしたちだけを逃がそうとしてたじゃない？」

「……ああ」

「あの時は、薄情(はくじょう)なやつ！　って思ったけど……でも今ならあんたが考えてたこと、ちょっとわかるわ。大変なことになるかもしれないものね。ラカナを助けたんだから、次はこの街を、この国を、この戦争を－なんて言われたら。自分たちの命運に、責任を持てなんて言われたら……。そんな覚悟をさせちゃってたなんて、悪かったわね」

「……別にいい。そんな大げさなものでもないさ。あの街を救ったことを、後悔しているわけでもない」

「そう？　でも……あたしがあんたくらい強かったとしても、助けるのはやっぱり、周りにいる人たちだけにすると思う」

それから、アミュはぽつりと付け加える。

「人間を救うはずの勇者としては、失格なのかもしれないけど……」

「いや」

ぼくは、小さく笑って言う。

「君らしいよ」

「……なによそれ。薄情って言いたいわけ？」

「分をわきまえていることと、薄情であることは違う」

「あたし、分をわきまえてた？」

「今はな。これまではまあ、そうでもなかったかもしれないけど」

「……なに？　これ貶される流れなの？」

「そうじゃない」

笑みとともに告げる。

「世の道理を知って、それでも近しい者は当然に助けるつもりでいるのが、君らしいって言ってる」

この子は、決して頭は悪くない。

少々青臭いところはあったが、いずれは世の中が綺麗事や理想論ばかりで語れないことも、理解すると思っていた。

理解したうえで残ったのなら、その心がこの子の性根なのだ。

「……なによそれ」

アミュが、ぷいと顔を逸らす。

再びシャベルを土に突き立てながら、ぽつりと言った。

「そんなの、あんただって同じじゃない」

◆　◆　◆

「ずいぶん掘れたわねー」

アミュとともに墓穴を掘り始めて、数刻後。

地面には、かなり広大な穴が開いていた。

昨日女騎士が隕石を落とした跡も、ほとんどわからなくなっている。それを内包する範囲をすべて掘り返してしまったからだ。

穴の縁には、土の山が積み上がっていた。

ぼくも気功術で人よりはるかに力があるが、それでもアミュの底なしの体力がなければ、たった二人でここまでは掘れなかっただろう。

アミュは満足げに言う。

「これなら、全員入るんじゃないかしら！」

「ギリギリ入りはするだろうけど……」

ぼくはわずかに渋面(じゅうめん)を作って言う。

「深さが全然足りないぞ。埋葬なら今の三倍、いや四倍は欲しい」

「む、無理ー！」

アミュがばったーん、と地面に仰向けに倒れた。

手を額にかざし、空を見上げながら言う。

「甘く見てたわ……穴を掘るのって、こんなに大変なのね」

「そりゃ二、三千人分の墓穴だからな……。二人でこれだけ掘れただけでも快挙だぞ」

ぼくは笑みとともに言う。

「あとはぼくがなんとかするよ」

「え？」

「ここから深くするだけなら、そんなに大変でもない……って、どうした？」

アミュは仰向けのままなんとも言えない、ばつの悪そうな顔でぼくを見つめていた。

「またあんたの世話になるのね……あたしが勝手に始めたことなのに。きっと最初から、あんた一人で掘った方が簡単だったんでしょ」

ぼくは少し笑って答える。

「何もないところからうまく穴を掘るのは、実はぼくでもけっこう大変なんだ。いろいろ工夫しないといけないから……。大変じゃなくなったのは、手作業でここまで掘れたからだよ」

「変な慰めは要らないわよ」

「いや本当だって」

「はーあ」

　アミュが盛大に溜息をつく。

「あたしほんと、一人じゃなんにもできないわねー……。なんでもできるほど強くないことくらい、わかってたはずなのに」

「なんだかずいぶん弱気になったな。帝都ではあんなに張り切ってたのに」

「ううん……あたし、どうかしてたわよね」

　アミュがばつの悪そうな顔になって言う。

「皇帝陛下にいろいろ言われてから、なんか、この国のためにがんばらなきゃーって気になっちゃって……。依頼を断る気なんて、全然起きなかったのよね。本当に一人でも、ここに向かってたかも」

「……」

　思い返せば……皇帝の話術は確かに巧みだった。

　かなり警戒していたはずのぼく自身も、気づいたら話に聞き入っている瞬間があった。

　加えて皇帝は、ほとんどアミュに向けて喋っていた。謁見の間の雰囲気と併せ、この子が飲まれてしまっても不思議はなかっただろう。

「……まあ、仕方ないさ」

ぼくは、仰向けに倒れているアミュに手を差し伸べる。

「これからのことを考えよう。とりあえずそこ、どいてくれ。穴を掘るのに、少し派手な方法を使うから」

「はぁい」

アミュがぼくの手を取り、立ち上がった……その時。

「うわ、なんですかこれ」

少年の声が響く。

見ると、聖騎士レンがぼくたちの掘った穴を見下ろし、呆れたような表情を浮かべていた。

「おろかな人間二人で、妙なことでも始めるつもりですか？」

「妙なことなんかじゃないわよ」

アミュが少年森人(エルフ)を睨んで言う。

「ただこの人たちを埋めてあげるだけ。悪い？」

「はい？　埋める？」

レンは心底呆れたとでも言うように、首を横に振った。

「人間はおろかなものだと知っていたつもりではありましたが、まさかここまでとは……」

そして、アミュに蔑(さげす)むような視線を向けて言う。

「許すわけないでしょう、そんなこと」

「はあ？」

アミュが憤り混じりに言い返す。

「なんであんたにそんなこと言われなきゃならないのよ」

「ボクでなくとも同じことを言いますよ。これだけ大量の死体を、それも死霊兵だったものを埋葬するだなんて……何かあったらどうするんです」

「なにかってなによ」

「土地の汚染や疫病の発生。敵の死霊術士が、死体にまだ何かを仕込んでいる可能性だってあります。そのまま埋めるなんて危険すぎる」

「……それは全部、対策できることだ」

ぼくも口を挟む。

「土の汚染や疫病は、深くに埋めれば問題ない。死体に何か仕込まれていたとしても、ぼくが事前にすべて消せる」

「いや……その労力を使って、燃やす方が早くないですか？」

レンが半笑いをぼくに向ける。

「おろかな人間たちの中でも、あなたはまだマシな方だと思っていたんですけどね。セイカ・ランプローグ」

「……」

「あんたいい加減にしなさいよ。ここの人たちをどうするか、なんであんたに命令されなきゃいけないわけ？」

「責任を取れるんですか？」

レンが笑みを消して言った。

アミュが困惑したような表情を浮かべる。

「え……？」

「死体を埋めて、何かあったときに責任を取れるのかと訊いているんです」

レンは真顔のまま続ける。

「水害が起こったり、獣に掘り返されたりして、死体が出てきてしまったら？　そのせいで疫病が発生したら？　あるいは、消しきれずに残っていた死霊術士の魔法が動き出したら？　どうするというんです」

「だ……だから、そうならないようにするんじゃない！」

「ボクが訊いているのは事前の対策ではありません。万が一何かが起こってしまった際の、対処のことです」

「……」

「数日後にはここを去るあなた方は、この街がこの後どうなろうと知ったことではないでしょう。ですがここに住むおろかな人間たちは、これからも住み続けなければならない。あなた方の勝手によって住民が損害を被ったとき、彼らにどんな補償ができるのかと訊いているんです」

「……」

アミュは答えられない。

それも当然だった。

人々の暮らしに、自分は責任を持つことができない。それはつい先ほど、アミュ自身が言ったことだったからだ。

「姫様ならば、責任を取れます」

レンが言う。

「その手腕と財力によって、姫様は自らの下した決断の責任を取ることができる。そこがあなた方と違うところです。姫様にこの場を任されているボクは、そのような事態にならないよう、自らの才覚をもって最善を尽くさなければならない……。ボクとあなた方の、立場の違いがわかりましたか？　勇者アミュ」

「……」

「埋葬がこの国の風習なのか知りませんが……おろかな人間のくだらない感傷を理由に勝手ができるほど、世界は軽くありませんよ」

言いながら、レンは魔石の短剣を鞘から引き抜いた。

そして、横たわる死体の群れを、見下すように見据える。

「それに」

半笑いを浮かべ、虹色の切っ先を真上に向ける。

短剣の周囲に大きな力の流れが生まれ――極大の炎が空へと立ち上がった。

短剣の先から発生したそれは、まるで巨大な炎の刃だ。

「無様に死んで、いいように操られるおろかな人間たちの末路など――灰が似合いでしょう」

炎の刃が、死体の群れに振り下ろされた。

それが斬りつけた死体を炎上させ、灰に変える寸前。

「このっ！」

アミュの杖剣の切っ先が、少年森人の短剣を跳ね上げていた。

だいぶ離れていたレンとの距離を、勇者の少女は一瞬で詰めていた。

「あははぁ」

炎を消し、飛び跳ねるようにレンが後退していく。

その顔には、愉快そうな笑みが貼り付いていた。

「やる気ですか、勇者アミュ！　いいですねぇ、ちょうどボクも」

魔石の短剣を振り上げる。

そして、

「体が鈍っていたところですっ！」

その切っ先を、地面に突き立てた。

大地が隆起する。地中に発生した大量の巨岩が、勇者の少女を跳ね上げていた。

「おい、何して……っ」

　ぼくが動こうとした、その時。

「セイカさま」

　耳元でユキが、制止するようにぼくの名を呼んだ。

「見守りましょう」

「はあ？」

「あの娘が始めたこと。始末は自分で付けさせるべきでございます」

　ぼくはわずかに逡巡し、ヒトガタを懐に仕舞い直した。

「……あの子の身代が割れるまでだ。それ以上は止める」

「はい」

　転がるように着地したアミュを、腕ほどもある氷の刃が無数に襲う。

　嵐のごときそれを、アミュは叩き落としながら、隆起した大地の陰に逃げ込む。

「いきなりなにすんのよっ！」

「こんなものですかぁ、勇者の力はぁ！」

　少年森人が短剣を振り上げる。

　今度は、上空に大量の岩石が出現した。

「これなら〝戦姫〟の方がずっと強い！」

　降り注ぐ岩石に追い立てられるように、アミュが大地の陰から転がり出た。

続けて襲いかかる風の刃を、淡い光を纏った杖剣で弾く。

結界ほどの上位魔法ではないが、魔法を無効化する類のものであるようだ。

しかし。

「くっ……！」

レンの出力の前には、まったく足りていなかった。

三発目を受けた時点で、大きく体勢を崩す。

「そんな様で、どうやって人間を守るんですかぁ！」

レンが追撃の風魔法を放つ。

アミュはそれらを、体勢が崩れるに任せ伏せるようにして躱す。

そして、

「知らないわよっ、そんなの！」

瞬時に体勢を立て直したアミュが、炎と風の魔法を放った。

レンは避ける素振りすらなく、その姿は炎に巻かれて見えなくなる。

アミュは何度も何度も、魔法を放ち続ける。

「このでかい国を、あたし一人でなにから守れって言うのよ！　おとぎ話の英雄の役目を、あたしなんかに押しつけないでっ！」

魔法が止む。

消耗したのか、アミュは肩で息をしていた。

れていた。

「はあ。まるで子供ですね」

レンは同じ場所に、同じ姿で立っていた。

その周囲には、淡い光が微かに瞬いている。

それは、戦姫が使っていた結界に近いもののようだったが……力の流れを見るに、数段洗練されていた。

「剣と体術はそこそこのようですが、魔法は話にならないレベルです。まあ多少巧みだろうと、ボクに届くことはないと思いますけど」

力の流れを観察している中で、理解した。

人間の魔法と森人の精霊魔法という違いはあるものの……こと魔法に限れば、レンはあの女騎士よりも上だ。おそらく今もまだ力を抑えている。

純粋な術士としてならば、この世界で出会った者の中で最強かもしれない。

聖騎士の少年は魔石の短剣を弄びながら、どこか見下すように言う。

「弱者として、民の一人として生きたいのなら勝手にすればいいでしょう。でもそれなら」

レンが、短剣の切っ先をアミュに向ける。

その周囲に、力の流れが渦巻く。

「分をわきまえることです」

煌めく光の帯が、短剣から迸った。

ほとんど勘のような動きで、アミュが身をかがめて躱す。逃げ遅れた数本の赤い髪が、光に貫かれて散った。

レンが短剣を振り抜く。

真横に薙がれた光線を、アミュは跳び退るように躱した。代わりに喰らった大地が、横一文字に赤熱して溶解していた。

縦横に振るわれる光の剣を、アミュはほとんど曲芸に近い動きで躱していく。

命中こそしていないものの、距離も詰められず防戦一方だ。

「なん、なのよっ、この魔法は！」

「光の精霊による奥義ですよ、おろかな人間」

レンは半笑いのまま、短剣を振るい続ける。

「大丈夫、体のどこかが離れてもくっつけてあげます。首と胴体は、ちょっと無理ですけど」

ぼくは、懐のヒトガタを掴もうとして……手を止めた。

唇を噛む。

まだ、あの子の身代は割れていない。自分で決めたことだ。

「この……っ！」

アミュが、土属性魔法の岩石弾を連続で放つ。

それらはレンの結界を前に消滅したが……光の刃に対する、わずかな遮蔽になった。

自らが放った岩に隠れるようにして、アミュがレンへと踏み込む。

地を這うように放たれた光の横薙ぎは、ギリギリの跳躍で躱した。

アミュは剣を引き絞ると——流れるように、鋭い刺突を放つ。

一連の動きは、目が覚めるようなものだった。

初めて見る剣呑な魔法を前にして、常人にできる動きではない。戦士としての才が、間違いなく彼女には備わっている。

勝負を決するかに思われた一撃。

しかしそれは——少年聖騎士の体を捉えることはなかった。

刺突が光瞬く空間を貫いたその瞬間。レンの姿が、力の流れとともにかき消える。

「転移だってできますよ、当然」

声は、アミュの背後から響いた。

少年聖騎士が、短剣の切っ先を勇者に向ける。

力の流れが渦巻く。

「あなたの負けです」

煌めく光の帯が、少女に向けて放たれる。

——その次の瞬間。

振り向いたアミュの前に、激しく飛沫(しぶき)を上げる水の壁が出現した。

「っ⁉」

レンが目を見開く。

それは水属性魔法の中でも下位に属する、水壁(アクアウォール)の魔法だった。

ギュッ、という微かな音とともに、光線が水流の壁を奔り抜ける。

それはそのまま、少女の体をも貫いた。

いや——貫いていない。

光線はアミュの体に当たるも、突き抜けることはなかった。

まるで、ただの光であるかのように。

水の壁を破り、少女が踏み込む。

そして——一閃。

レンの傍らをすり抜けるように、アミュは魔石の短剣を激しく弾いていた。

「なっ、くそっ……！」

その強烈な一撃を喰らってもなお、レンは短剣を手放していなかった。

焦ったように、その切っ先をアミュに向ける。

しかし、次の瞬間——その虹色の剣身が、儚い音を立てて割れ砕けた。

「あ……あぁぁーっ⁉」

砕けた短剣を見たレンが、まるでこの世の終わりかのような叫び声を上げる。

「な、な、なんてことを……！」

「ごちゃごちゃうっさいのよ、あんたは！」

アミュは振り返ると、杖剣の切っ先をレンに向けて怒鳴る。

「そんなに言うならわかったわよ！　責任？　取ってやるわ！　なんかあったら呼びなさいよ！

力仕事でもなんでもしてやるから！」

　腹立たしげな表情で、レンを睨むアミュ。

　しかし、その雰囲気には……どこか吹っ切れたようなものがあった。

　一方のレンは、地面にひざまずいて魔石の破片を集めながら、めそめそしている。

「こ、これ、どれだけ貴重な物だと思ってるんですかぁ……」

「知らないわよ！　あんたが始めた、喧嘩でしょっ！」

　アミュはつかつかと少年森人（エルフ）に歩み寄ると、その頭をひっぱたいた。

　レンは半泣きになっている。

「アミュ……」

「あ、セイカ。どう？　なんか久々に、勝負して勝った気がするわ！　勇者の面目躍如（めんもくやくじょ）じゃない？」

　やや呆然としながら歩み寄るぼくに、アミュは笑顔を向けてくる。

　晴れ晴れとした表情で、ずいぶんと機嫌がよさそうだった。

　ぼくは訊ねる。

「なあ、君どうして……水壁（アクアウォール）なんて使ったんだ？」

「え？　ああ、あれ。ええと、ほら、そいつの魔法、光の精霊がどうとかって言ってたじゃない？　見た目も光ってたし、要するに光ってことでしょ？」

　アミュが、どう言えばいいか迷うかのように続ける。

「水って、ちょっと深くなると暗くなるし……滴や泡があると、その向こう側が見えにくくなったりするわよね。それって、光が届いてないってことでしょ？　だから、水で防げるんじゃないかなって」

アミュが自らの服を見下ろして、微かに残念そうな顔をする。

「あー、でもちょっと焦げちゃったわね……。土属性の壁なら、もっと完璧に防げたんでしょうけど……それだと間合いを詰めるのに回り込まなきゃならなくなるから、やっぱりあれでよかったと思うわ。うん」

「知ってたわけじゃ……なかったのか。あの魔法の原理と、防ぎ方を」

「知らなかったわよ。ただ……」

アミュが、一瞬目を逸らして言う。

「あんたってわけのわかんない魔法使うけど、でもあれって全部、いろいろ考えて使ってるんでしょ？　だからあたしも、少しは考えて戦ってみようかなって、思ったのよね」

「……そうか」

強く賢く、勇気のある者。

生まれではなく、そういった世間でイメージされる資質こそが勇者の資格だったとしても……この子は、やはり勇者である気がした。

「それはそうと」

アミュが、地面に跪くレンを睨む。

「あたしが勝ったんだから、ここの人たちは埋めてあげるから。わかった？　このチビ！」

「なんなんですか、あなた方はぁ……」

半泣きのレンが言う。

「姫様に迷惑をかけないでくださいよう……」

「フィオナに迷惑はかけないよ」

ぼくは、アミュに代わって答える。

「其の方が懸念するようなことが起こらないよう、ぼくが責任を持って処置する。説明もぼくからしておく。彼女もわかってくれるはずさ」

「……なんて、おろかな人間……ボクがやめろって言ってるのに……このボクが……」

レンは、跪いたままなおも不満そうにぶつぶつ呟いていた。

アミュが憤然と言う。

「あんたのせいで、せっかく掘った穴が滅茶苦茶になっちゃったじゃない。まずは責任とって掘り直しなさいよ」

「ええーっ!?　なんでボクが！　っていうか無理ですよう、あなたが宝剣を壊したから……」

「なに言ってんのよ。剣がなくたって手と足が残ってるじゃない。特別にシャベルも貸してやるわ」

「て、手作業で掘るんですかぁ？　死んじゃいますってー！」

レンがわめいているが、アミュはどうやら本気で掘らせるつもりのようだった。

戦いの余波でだいぶ滅茶苦茶になってしまっているから、魔法もなしに一人で元通りにするのは絶対無理だ。だから、たぶん嫌がらせだろう。

まあ、墓穴については最終的にぼくがなんとかしてやるか。

「ようございましたね」

ふと、耳元でユキが言った。

「このような機会も、必要でございましょう」

「……そうだな。お前の言うとおりだったよ」

アミュは、何かを理解し、学んだ。

それはきっと、ぼくが世話を焼いてばかりいては、なしえなかったことだ。

「少しは根性見せなさいよ、わかったわね！」

アミュが怒鳴っている。

見ると後ろの方でレンが、半泣きで地面にシャベルを突き立てていた。やっぱり本気で掘らせるつもりらしい。

「ところで、今さらなんだけど」

アミュがぼくを振り返って言う。

「あんたはあんな朝早くに、なんで街の外に出てきてたのよ。穴掘り手伝わせちゃったけど、なんかすることあったんじゃないの？」

「ああ、死体を調べようと思ってたんだ」

すっかり忘れていた。

どうせ大して期待していなかったというのもあるが。

「何か、敵の手がかりになるような痕跡が残ってないかと思ってね」

「そういえば、今までの街でもやってたわね。じゃ、あたしも手伝うわ」

「え、君が？」

「と言っても、身につけてる身元がわかりそうな物とか、外すことくらいしかできないけど」

「あー……そうだな」

これまでは燃え残った物のみ遺品として回収していたが、埋葬するのならそうした方がいいだろう。

アミュと二人、死体の並ぶ場所へと歩いて行く。

どこから手を着けようかと思案していると……不意に、アミュが声を上げた。

「……あれ？」

その足は、一体の死体の前で止まっていた。

思わずそちらを目に向ける。

アミュの見下ろす死体は、特になんの変哲もないように見えた。ろくな防具もなく、粗末な剣だけを身につけた、これまで散々見てきたような中年男の死体。

にもかかわらず、アミュはその男の死体の前から動かない。

「……どうした？」

さすがにいぶかしく思い、アミュへと歩み寄る。

アミュは、死体を見下ろしながら言う。

「この人……なんか、見覚えある気がするんだけど……」

「え……？」

ぼくは、やや困惑しつつ訊ねる。

「もしかして……君の知人だったか？」

アミュは首を横に振る。

「そうじゃない、と思うんだけど……どこかで見た気がするのよね……。あんたはどう？　見覚えない？」

「ええ……？」

まさかと思いつつ、あらためて死体の顔を見る。

ここ西方の地は、これまで過ごしたランプローグ領やロドネア、ラカナなどからは遠く離れている。顔見知りがいるわけがない。

しかし……その顔を見た瞬間、ぼくは確かな既視感を覚えた。

見たことがある。

だが、印象が薄い。どこの誰だったか……。

「あっ！　あ、あれ？　でも……」

アミュが突然、何かに気づいたような声を上げたと思いきや、直後に困惑し始めた。

ぼくはすぐに訊ねる。

「どうした？　思い出したのか？」

「う、うん」

アミュがためらいがちにうなずく。

「この人……あの人に似てない？　ほら、死霊兵に襲われた街で女の子を助けた時、一緒に瓦礫から引っ張り出したお父さん。死んじゃってたけど……」

ぼくは目を見開いた。

確かに……似ている。

「死霊兵にされちゃった、ってわけじゃないわよね。服が全然違うし……あの街の人たちは埋めてる余裕がなかったから、あんたたちで火葬にしたのよね。じゃあ、兄弟かしら？　もしかして双子？　もしそうなら、かわいそうね……」

消沈したように呟くアミュ。

だがその声は、途中から頭に入って来なかった。

「まさか……」

ぼくは、ただ呆然と呟く。

「これが、そうなのか……？　だとしたら……」

## 其の二

夜の帳が降りようとしていた。

夕闇がさらに陰る時分。荒れ果てた街の広場を、十歳ほどに見える女の子が一人で歩いていた。

その胸には、一冊の古ぼけた本が抱きかかえられている。

死霊兵に襲われた街の、生き残りの一人だった。

広場に、他に人影はない。当座しのぎに片付けられた瓦礫が、無造作に積み上げられているだけの、生気のない空間。女の子の他に動くものは、数匹の蛍の光だけだ。

女の子は、広場に面した建物の一つ――唯一窓から灯りが漏れているその家に、入っていこうとする。

だが扉に手を伸ばしたその時、広場の中心に立つぼくの姿を視界に捉えたようだった。

「わ……」

女の子は一瞬びくりとしたが、ぼくの顔をまじまじと眺めたかと思えば、急に笑顔になる。

「あ……お兄さん」

その小さな女の子は、ぼくとアミュが瓦礫の下から助けた子だった。

笑顔のまま、その子は言う。

「戻ってきてくれたんですか？　うれしいです！　まだみんな、不安で……また、いつあれが攻めてくるかって……お兄さんが戻ってきたって知ったら、きっとみんな安心すると思います」

ぼくは何も答えない。

女の子は笑顔で話し続ける。

「あれから、少しずつですけど……わたしたちにも、元の生活が戻ってきてるんです。今日はお芋と野菜が手に入ったので、スープを作ったんですよ。あの赤い髪の女の人も来てるんですか？よかったら、一緒にどうですか？」

ぼくは答えない。

妙な話だった。

助けたこの女の子と、ぼくもアミュも、会話らしい会話をしていない。

瓦礫から引っ張り出し、気を失ったように見えたこの子を、街の避難場所に預けてそれきりだった。

普通なら、顔を覚えられているはずもない。

女の子は笑顔で話し続ける。

「お二人のおかげで、お父さんも元気になったんです。ほら、お父さん！」

女の子が、家を振り返る。

扉が開き、灯りが漏れ……そこから一つの人影が歩み出した。

ありふれた格好をした、どこにでもいそうな中年男。

「あ……あぁ……」

男は、ぼくではなく虚空を見つめていた。

半開きの口が、虚ろな言葉を紡ぐ。

「ああ……ありが、とぉ……」

「もう、お父さん！　ちゃんと喋ってよ！」

「あぁりが、とぉ……むす、すめを、たすすけけ」

「たすけて、くれれて、ありが……とぉ……」

別の声が響いた。

隣の暗い家から、一人の中年男が姿を現す。

ありふれた格好をした、どこにでもいそうな、まったく同じ顔の男が。

「かんしゃ、して、ますす……」

「たすかり、まし、まし……」

西の路地から、二人の中年男が歩いてくる。

「しぬかとおもっ、おもったた……」

「いきいきてて、よかったた……」

商店と民家の屋根の上で、それぞれ中年男が立ち上がる。

「でもも、もっとはやや く……」

「はやくきて、きてきてくれれれば……」

「あんなに、くるるしまなくて……すんだだ、のに……」

「なんでで、なんで……」

「そんなにに、つよくて、どうしてて……」

瓦礫の陰から、建物の窓から、煙突の先から。

ありとあらゆる場所から、同じ顔の中年男が湧き出てくる。

「……つまらなかったかね？」

女の子の姿をした、何者かが言った。

すでに、その顔からは笑みが消えている。

「残念でならないよ。せっかくこんな趣向を凝らしたというのに……。やはり生者の相手は難しいな」

口惜しそうに、死霊術士が言う。

その口調も話す内容も、幼い少女の姿にはまったく似つかわしくない。

中年男の死霊兵に囲まれながら、ぼくは問う。

「ぼくの来訪を予期していたようだな」

「もちろん」

少女の姿をした死霊術士が、その容姿に不相応な、鷹揚な笑みとともにうなずく。

「小生は死霊術士だ。操る死体は人間ばかりではないよ。知っていたかね？　鳥の視界は人のそれよりも優れていることを。色だけは妙なのだが、あれは人には見えない色が見えているのかもしれないな」

死霊術士が、どこか得意げに語る。

普通、死霊術士が死体と視界を共有することはできない。目の前の術士が語るそれは、一般的な死霊術からは大きく逸脱した技だった。

「それにしても……君もずいぶん奇妙なドラゴンを従えているね。あれが死んだ際には、ぜひ譲ってもらいたいものだ」

「それは難しいな」

ぼくは静かに答える。

「あれの滅びを見ることなく……今夜、其の方の命運は尽きることになる」

「なんと、血の気の多い生者だ。しかし――」

ぼくに凄まれようとも、死霊術士にはどこか余裕があるように見える。

「――問答をする気はある。違うかね？　確か、そう……セイカ君だったかな？　本名かは知らないが、君はあの時そのように呼ばれていたね」

沈黙を保つぼくにかまわず、死霊術士は続ける。

「君には知りたいことがあるはずだ。同じ、術士の道を究めし者として。もっともそれは、小生の側も同様だがね。差し支えなければ、こちらから始めさせてもらおう……どうしてこの場所を？」

まるで哲学者のような口調で、死霊術士は問う。

ぼくは一拍置いて口を開く。

「距離の軛（くびき）だ」

「ほう?」

「どんな術も、距離が離れるほどに効果が弱まる。これほど広範囲に広がる大量の死霊兵を操るには、工夫が必要だ……其の方の工夫が、それなんだろう」

ぼくは視線で、死霊術士の背後に立つ中年男の死体を示す。

「特別な、同じ形の死体を使い、術を中継させている。ぼくたちがここで瓦礫の下から引っ張り出した死体とまったく同じ顔の死体を、別の場所で見つけた」

「ほう。それは運が良い」

死霊術士が感心したように言う。

「中継役の死体は少ないのだがね。よく見つけたものだ。死者をまとめて火葬に付してしまうか、あるいは顔がわずかにも傷つけば、それだけで発覚することはないと踏んでいたのだが」

「運じゃない。死体を傷つけずに軍勢を無力化するなど、ぼくには容易いことだ。状況にも慣れ、こちらにも余裕が生まれた。死者を弔（とむら）う程度の余裕が」

そう、決して幸運などではない。

アミュが死者を弔おうとしたからこそ。

レンに打ち勝ったからこそ。

敵の手を見抜き、ぼくはここにたどり着けた。

「こちらに運があったとすれば……それは其の方が存外に間抜けだったことだ」

「ふむ……」

「その顔の死体を父などと呼ぶ者がいれば、何かあると考えるのは当然だろう。今振り返れば、意味不明の一手だ」

「ふむ……いや、参るね。その通りだよ。ただ、あの場ではそれが最善手だと思ったんだ」

死霊術士が苦笑する。

「あの時小生が恐れていたことは、中継役の死体を調べられることだった。余計な痕跡を残さないようにはしていたが、何か見落としがあるかもしれない。住民の死体に見せかけたかったのだ。とっさの判断にしては、我ながら名演だと思ったのだが……完全に裏目に出たようだね」

死霊術士の語りは続く。

「あれは、こちらにとっては不運な邂逅だった。この街は工房の一つにするつもりで落としたのだ。しかし満足な態勢も整わぬうちに、君たちがやってきてしまった。小生もずいぶん慌てたよ。瓦礫の下に隠れたつもりが、うっかり赤髪の少女に見つかってしまう始末だ。今回の広域実験にほころびが生ずるとすれば、やはりあそこからだろうと思っていた」

ぼくは小さく息を吐く。

あの不可解な一幕には、なんらかの意図があったか、あるいは罠の可能性も考えていたが、単に偶然が引き起こしたものだったらしい。

だが、不可解なことはまだ残っている。

「こちらからも問おう……其の方の、その体はなんだ?」

ぼくは、眉をひそめながら続ける。

「中継役となる死体があるとすれば、それは術士の似姿だろうと思っていた。だが実際にはまるで違うばかりか……これだけのことをやってのけるには、およそありえない姿をしている」

「……小生にここまで迫ったにしては、退屈な問いだね。答える価値を感じないな」

死霊術士は、どこか落胆したように言う。

「代わりに、秘密を一つ明かそう。周りにいる彼らを、よく見てみるといい」

広場を囲むように立つ、同じ顔の男たちを見回す。

よくよく観察すると、それはまったく同じ顔というわけではなかった。

わずかに太い顔、細い顔。丸い顔、角張った顔。色の白い顔、黒い顔に、傷のついた顔もある。

首から下にも違いがあった。近い体型ではあるものの、太さや身長が少しずつ異なる。

服装もだ。ほとんどがありふれた格好だが、中には鍛冶屋や料理人の装束ばかりか、女物や子供が着るような服まで混じっている。

「……まさか」

ぼくは呟く。

「これらは……この街の住民だった者たちか」

「明察だ」

死霊術士が満足げにうなずく。

「君たちが助けた生者たちを、余すことなく使わせてもらったよ。望みの形の死体を作るには、生きているうちから取りかからねばならない。この街に生き残りを用意したのも、元々これらの素体とするためだったのだ」

死霊術士が上機嫌に語る。

「死体の成形は元来とても面倒なものだったのだが、今回の広域実験にあたり、治癒魔法を利用する手法を新たに開発してね。これが我ながら、なかなかに画期的だった。多少間違えて切り刻んでも元に戻せるうえ、肉の結着にかけていた時間を大幅に短縮できる。おかげで短期間のうちにこれほどの中継用死体を用意できてしまったよ。もっとも、死んでしまっては治癒魔法がかけられないために、素体が生きている間にすべてを終わらせねばならないという難点もあるがね。体の動きを封じる呪詛が効きにくい者などは、処置の最中に泣き叫ぶこともあって心が痛むのだが……死んでしまえば皆同じ。そのように考えて割り切ることにしているよ」

死霊術士の口調は、まるで自らの発見を興奮気味に語る学者のようだった。

人の身から逸脱したような強者の中には、精神が破綻している者も少なくない。

目の前の術士はまごうことなく、そういった類(たぐい)の破綻者であるようだった。

「何が目的だ」

ぼくは問う。

「何を求め、そこまでのことをする」

「求道だよ」

目の前の死霊術士は、当然のように答える。

「探究、それ自体が目的だ。他に何があると言うのかね？　死体という〇を、価値を持つ一へと変換する。死霊術には無限を超えた意義がある。それは世界すら大きく変えてしまえるほどのものだ」

少女の姿をした術士が語る思想は、まさしく破綻者のそれだった。

死霊術士は憂うように続ける。

「とはいえ……小生も、ただ多くの実験材料があればいいわけではない。今回の広域実験は、支援者の意向によるものでね」

「っ……！」

「世知辛いものだ。探究には金がいくらあっても足りない。状態のいい死体以外にも、必要な道具は多いのだよ。貴重な物はそれだけ高く、たくさん必要な物も、やはり高くついてしまう。生者の中で生きられない小生にとって、支援者の存在は欠かせないものだ。要望にはなるべく応えねばならない」

「やはり……協力者がいたのか。誰だ」

ぼくは鋭く問う。

「其の方の背後には誰がいる」

「おっと、それは答えられない」

死霊術士がにやりと笑う。

「生者と会話をするのは久しぶりでね。ついつい余計なことを喋ってしまったようだ。これ以上は許してくれたまえ」

「……そうか」

言いながら、ぼくは周囲にヒトガタを浮遊させる。

「ならば、其の方はもう用済みだ」

「問答はもう終わりかね？」

少女の姿をした死霊術士は、拍子抜けしたように目を瞬かせた。

「小生の研究成果を、もっと知りたくはないのかね？　先日はついに、雌の死霊鼠の受胎、出産実験に成功したのだ。仔はもちろん生きているよ。理論上、これは人にも応用可能だ。生者の感情には明るくないが……配偶者を亡くした男などは、喜ぶのではないかね？」

「興味が持てないな」

周囲のヒトガタが、呪力の漏出により青く瞬く。

「其の方に教えを請うことは、何もない」

「……残念だよ。ではこちらも、この問いで最後にするとしよう」

死霊術士が、ぼくをまっすぐ見つめて告げる。

「君は何者だ？」

「……」

「小生は死霊術を究めるため、あらゆる魔法や、それに関わる物事の知識を蒐集した。今やどのような研究家にも負けない自負がある。その小生をもってしても、君の力は理解不能だ。不可思議な召喚術によって喚び出される、奇妙な剣やドラゴン。原理すら不明の符術。何から何まで、小生の知識にはないものだ」

「……」

「少年よ……それらをどのようにして習得した？」

死霊術士の目には、深淵を見通そうとするかのような光が宿っていた。

ぼくは、わずかにも表情を変えることなく言う。

「答える気はない。答えたところで、其の方には理解できないだろう」

「ふ……そうか。ならば小生も、君に用はなくなった」

少女のたおやかな手が、抱えていた本を開く。

凄まじい力の流れとともに、ページから光の粒子が噴出した。

それは死霊術士の背後に流れ、次第に実体化していく。

「最後に、小生の最高傑作を見せてあげよう」

姿を現したそれは――奇怪なドラゴンだった。

翼を持った、本来のドラゴンの体。そこから、七つもの異なる首が生えている。

元々のドラゴンのもの。どこか華奢なヒュドラのもの。目を持たないワームのもの。三角形に近いワイバーンのもの。魚鱗に覆われたシーサーペントのもの。尋常な首はここまでだ。残り二つは、背景が透けて見える霊体のような首と、長い頸部の先に据えられたただ一つの赤い巨眼だった。

およそありえない造形だった。

元々多頭を持つヒュドラにすら、このような種はいないだろう。頭部が重すぎるのか、全体が前のめりになっている。体表の鱗すらも、ところどころで色や形状が違っていた。

「どうだね？」

どこか自慢げに、死霊術士が言う。

「用いた素体だけで、城が建つほどの価値を持つ一体だ。小生の探究の結晶だよ。君の感想をぜひ聞かせてほしかったところだが……さすがにもう、口が利けないかな」

死霊術士が愉快そうに言う。

継ぎ接ぎドラゴンの霊体と巨眼の首が、今もぼくに劇烈な呪詛を送っていた。

赤い巨眼の邪視によって動きが妨げられるとともに、霊体の首の呪いによってぼくの全身に楔形の呪印が浮かび始める。

あの霊体の首は、おそらく亜竜の一種であるカースドラゴンのもの。赤い巨眼は大きさからしてサイクロプス、その邪眼個体から摘出したものだろうか。

「君を死霊兵にすることは、残念だけど諦めよう。そこまで甘い相手ではなさそうだからね」

残る五つの首が、大きく引かれた。

大きな力の流れが渦巻き始める。

死霊術士が、鷹揚に告げた。

「では、跡形もなく死にたまえ」

継ぎ接ぎドラゴンが、息吹を吐き出した。

ドラゴンの口から炎が、ヒュドラの口から毒気が、ワームの口から溶岩が、ワイバーンの口から風刃が、シーサーペントの口から水流が放たれ、広場に荒れ狂う。

その凄まじい反動により、継ぎ接ぎドラゴンの巨大な上半身が一瞬浮き上がっていた。

中年男の死体たちが、ただの余波のみで燃え上がり、刻まれ、飲み込まれ、流されていく。

仮に直撃すれば、尋常な人間なら死霊術士の宣言通り、跡形もなく消滅していただろう。

――――だが。

「……感想、か」

莫大な出力の息吹は、どれ一つとしてぼくに届くことなく消失していた。

ヒトガタに囲まれた結界の中で、ぼくは死霊術士に告げる。

「バランスが悪く見えた頭部が息吹の反動を相殺していたのは、意外に機能的に思えた。ただ口も体も、動きに支障はない。呪印も、結界を張る前に消えていた。

あの程度の呪詛など、対処の必要すらない。

「――――やはり致命的に、趣味が悪いな」

「……驚いたな」

光の円柱の中で、死霊術士が強ばった笑みを浮かべる。

その傍らには、いつの間に喚び出したのか、神官姿の死霊兵が二体立っていた。おそらく息吹の余波を防ぐため、二体がかりで解呪の結界を張らせたのだろう。

「その結界は一度見ているが……今の息吹(ブレス)すら防いでしまうのか。小生が知る符術の結界に、そこまで優れたものはなかったはずだがね」

「さあ？　其の方の知見が狭いだけだろう」

言いながら、ぼくは新たに位相からヒトガタを引き出す。

そして、口だけの笑みとともに告げる。

「面倒な動く死体も、これだけで静かになる」

言葉と同時に、ヒトガタを散らした。

それは瞬く間に四方八方へ飛び、街を囲むように配置されていく。

軽く印を組む。

各ヒトガタに呪力が込められ――――街一つを包み込む、巨大な結界が完成した。

死体がどうなってもかまわないのなら、死霊兵の相手など簡単だった。ただ、解呪して死体に戻してやればいい。そしてそれは、陰陽術の得意とするところでもある。

予想通り、結界が完成した瞬間、残った中年男も、神官の死霊兵も、継ぎ接ぎドラゴンも、糸が切れたかのように体勢を崩す。

――――だが。

「っ……!?」

「ふふ」

結界によって術を解かれたはずの死霊兵たちが、倒れることはなかった。

一瞬体勢は崩したものの、すぐに何事もなかったかのように立ち上がっている。

ぼくは、事態を理解できない。

「どうなっている……？」

「一度見た、と言っただろう？　当然、対策も考えてある」

不敵な笑みとともに、死霊術士は言う。

「その結界は呪符を頂点とした、立体の範囲に展開される。そこに隙があるのだよ。呪符は地下に潜らせることはできない。そのため、地下にその効果がおよぶことはない」

「……」

「したがって、地下に魔法陣を仕込み、術を維持しつづけることで回避が可能なのだ。接地面からの魔力供給が無効化されないかは賭けだったが……どうやら、小生は勝ったようだね」

陰陽術の結界を攻略してみせた敵の術士に、ぼくは沈黙で答える。

指摘は事実だった。

結界の張り方にもよるが……ぼくがよく使うものは、地下までは効果がおよばない。

ただ、まさか遠隔で一度見ただけの術士に、このような形で攻略されるとは思わなかった。発想も、それを実現する技術も、はっきりと常人の域から外れている。

ただの異常者ではない。

前世でも見たことがないほどの、道を究めた死霊術士。

「とはいえ」

死霊術士が、神官の死霊兵を振り返って言う。

「やはり死霊兵の使う魔法は無効化されてしまうようだ。この分なら息吹(ブレス)も無理だろうね。しかし、問題はない」

突然、広場の石畳が大きな音を立てて弾け飛んだ。

地面の下から、何か大きな影が立ち上がる。

「オ……オぉ……」

二丈（※約六メートル）近くもある巨大な人型の死体。それはどうやら、巨人であるようだった。

次々と、地下から死霊兵が湧き出てくる。

赤い肌の鬼人(オーガ)の死体。黒い毛並みを持つ熊人(ゆうじん)の死体。戦斧(せんぷ)を持った、大柄な悪魔の死体までも。

「こんなこともあろうかと、地下には召喚用の魔法陣も仕込んでおいた。とっておきの、魔族の死霊兵たちだよ。生半可な剣や魔法は肉体だけで跳ね返し、人間など素手で引き裂いてしまう。結界が通じないこれらを相手に、君はどう戦う？」

死霊術士が、突撃の号令を下す。

「願わくば、綺麗に死んでくれたまえ」

魔族の死霊兵たちが、地を蹴った。

ぼくはすでに、一枚のヒトガタを浮かべている。

小さな嘆息とともに、呟く。

「まあいいか」

片手で印を組む。

「どうせ、最後にはこうするつもりだったんだ」

《召命――餓鬼》

空間の歪みから――大量の妖が湧き出てきた。

「む？」

死霊術士が動揺の声を上げ、死霊兵たちも足を止める。

気味の悪い姿をしたその妖は、魔族の体格と比べるまでもなく、小さかった。

人間に近い形ではあるが、その背丈は子供ほどしかない。加えてひどく痩せ細っており、まるで飢餓に直面した孤児のように、腹だけが張り出している。

その目は、飢えを満たす物を求め、暗く輝いていた。

餓鬼たちは、地面に降り立つやいなや駆け出した。

そして、最も近くにいた巨人の死霊兵の足首に、一体の餓鬼が噛み付く。

巨人が抵抗する間もなく――その部分が、青い炎をあげて消失した。

「ォッ……」

バランスを崩し、巨人の死霊兵が倒れる。

倒れた巨体に他の餓鬼が群がり、食らいつく。噛み付かれたところから、巨人の体は青い炎とともに消失していく。数度瞬きする間に、その大きさは半分ほどになってしまった。

同じことが、広場のあちこちで起こっていた。

下半身を消され、鬼人が倒れ伏す。上半身を消され、熊人が足だけで立ち尽くす。片腕を消された悪魔の死霊兵が戦斧を振り下ろすも、餓鬼はその刃にすら食らいつき、青い炎とともに消失させた。見る間に、悪魔の死体は頭だけになった。

「なん、だというのだ……これは、いったい……」

目の前に広がる光景を愕然と見つめながら、死霊術士が呟く。

「グルルオオオォォォ……ッ」

継ぎ接ぎドラゴンが絶叫を上げ、暴れていた。

首や尾が振るわれ、周囲の建物が崩壊していく。

見ると、その巨体のそこかしこに、餓鬼が食らいついていた。

厳めしい鱗をものともせず……そればかりか、霊体でできているはずのカースドラゴンの首にすら噛み付いて、青い炎とともに消失させていく。

その体は、目に見える速度で小さくなっていった。

「ありえない……」

今や失われようとしている、最高傑作の継ぎ接ぎドラゴンを振り仰いで、死霊術士が呆然と呟く。

「なんだ、あの奇怪なゴブリンは……腹に収まる以上の体積を、消失させている……？　転移魔法の類なのか？　いやしかし、そのような形跡は……」

「あれは哀れな妖（あやかし）でね」

ぼくは独り言のように言う。

「常に飢えているが、決して何かを食することはできない。口に入れたそばから、あらゆるものがあのように燃え、消えてしまうんだ。生前に欲深かった者が、死後に罰を受けた姿とも言われている」

もちろんそれはただの迷信で、餓鬼という妖（あやかし）がそのような性質を持っているだけだ。噛み付いたものを消失させる現象も、餓鬼自身の神通力によって引き起こしている。

「はあ？」

まるで馬鹿げた冗談を聞いたかのように、死霊術士が引きつった笑みを浮かべた。

「はは……なんだそれは。馬鹿馬鹿しい。そのようなことがあるものか……。人は死ねば、それまでだ。抜け殻である死体と、残り香（のこりが）のような霊魂が残るだけ。そのはず……そのはず、なのだ。だが……」

死霊術士が頭を抱える。

「……わからない。あれの生態も、原理も。あれがどのようなモンスターなのか、なぜあのような現象が起こっているのか……小生には想像もつかない。なんということだ、なんと、なんと……」

死霊術士は、少女の顔に喜悦（きえつ）の表情を浮かべる。

「なんと……すばらしい！　小生に計り知れぬことが、世界にはまだまだ存在しているようだ！道は続いている……小生の究めるべき道は、まだ到底見通せぬほどに……あぐっ！」

呻き声をあげて、死霊術士が倒れる。

その両足に、二体の餓鬼が食らいついていた。

皮膚の垂れた醜悪（しゅうあく）な口元に、青い炎があがる。

「ああ……はは。いい痛い……」

死霊術士は自らに噛み付く餓鬼を振り向くと、短くなっていく足を認めて、泣き笑いのような表情を浮かべた。

「ふ、不思議だ……噛まれた先の感覚が、一瞬でなくなっていく。まま、まるで、この世から消えているかのようだ……ああ、痛い、痛い……ふふ。いいぞ、これは……これは、きっと……」

その目に、冷徹な光が差す。

「次に生かせる」

「其の方に、次があると思うか？」

ぼくは、死霊術士の体を喰らう餓鬼を呪力で止めながら言った。

いつのまにか、周囲には何もなくなっていた。

魔族の死霊兵も、継ぎ接ぎドラゴンも……そればかりか、瓦礫や民家でさえ。

すべて、飢え続ける妖（あやかし）によって跡形もなく消されていた。

餓鬼が集まってくる。

唯一残った食物である死霊術士の体を、暗く輝く目で見つめている。

「無論、あるとも」

下半身の大部分を消され、地面に這いつくばる死霊術士が、笑って答える。

「よもや、君が最初に発した問いの答えが、まだわからないとは言うまいね？」

ぼくは小さな舌打ちとともに言う。

「やはり……その体は死体か」

可能性はあった。

少女の体が本体ならば、中継役の死体をあのような容姿にする理由がない。

ただ、確信が持てずにいたのだ。

死霊術によって蘇った死体が、生者とまったく同じ行動を取ることはない。

この少女の体は、まるで生者のように振る舞っていた。

これほどに精密な操作をなしえる死霊術は、ぼくの理解をはるかに超えたものだったのだ。

「ふふ。敵に自分を晒すなど、三流の死霊術士がやることだ。小生が、その程度の腕前に見えたかね？」

餓鬼の群れに囲まれながら、どこまでも余裕の表情で、死霊術士は言う。

「失策だったね」

「何……？」

「君のモンスターが何もかもを食い尽くしてしまったおかげで、君は小生への手がかりを完全に失ってしまった。もう、再び相見(あいまみ)えることはないだろう」

「別にかまわないさ」

死霊術士を見下ろしたまま……飢えた妖(あやかし)の群れに、ぼくは号令をかける。

「——食い尽くせ」

餓鬼たちが一斉に、死霊術士へと群がった。

残っていた少女の上半身が、激しい炎とともに一瞬でこの世から消失した。

妖(あやかし)を戻す位相の扉を開きながら、ぼくは呟く。

「どうせ、手がかりなんて残していなかっただろう。それに——」

生者の失われた街を振り返り、わずかに表情を歪めた。

「——あの子にこれ以上、墓穴を掘らせるわけにはいかないからな」

## 其の三

死霊術士と相対し、拠点の一つを壊滅させた、数日後。

ぼくたちの下に、反乱軍消滅の報せが入ってきた。

各地にいた死霊兵たちは一斉に活動を停止し、その後新たな動きもないという。

理由は不明だ。

あの少女の死霊兵が実は重要な役割を果たしていたのか。あるいは中継死体を製造していた大きな拠点を失ったために、これ以上の侵略を諦めたのか……。

確かなことは、何もわからなかった。

一つ言えるのは、結局帝国軍が到着しないうちに、勇者の役目は終わりを迎えてしまったということだ。

ぼくたちは、帝都へ戻ることとなった。

◆　◆　◆

豪奢な回廊（かいろう）を、一人歩く。

帝都へ戻ったぼくは、再び帝城を訪れていた。

呼び出されたためだ。

あの不自然に凡庸な皇帝、ジルゼリウス・ウルド・エールグライフに。

アミュでも、フィオナでもなく、ぼく一人が。

帝城を無言で進む。城内が広すぎるためか、回廊には使用人の姿も見られない。

――しかし。

「……」

ぼくは足を止めた。

回廊の先、ぼくの正面に、一つの人影が立っていた。

「やあ」

杖をついたその人物が、左手を軽く掲げた。

「聞いたよ。陛下に呼び出されたんだってね」

色眼鏡の青年が、笑みを作って言う。

第一皇子の、ヒルトゼール・ウルド・エールグライフだった。

「……これは、ヒルトゼール殿下」

「いいよ、虚礼（きょれい）は好まない」

貴族の礼をしようとするぼくを、ヒルトゼールが止めた。

「陛下からは、どのような名目で？」

「さあ……。わかりません。何も聞かされていませんので」

ぼくは、わずかに目を伏せて答える。

何も聞かされていないのは本当だった。

「ふうん？」

ヒルトゼールは、ぼくの返答を聞いて意外そうな顔をした。

「しかし、不思議だね。勇者と共にではなく、君一人が呼ばれるなんて。でも……きっと、嬉しい用向きに違いない。なんと言っても、本当に反乱を鎮圧してしまったのだから」

穏やかな笑みとともに、ヒルトゼールは言う。

「反乱軍の実態が死体の軍勢で、あの反乱はその実、死霊術士が単独で起こした暴動だったと聞いた時は僕も驚いたよ。しかし、今やその脅威も去った。君たちのおかげでね。きっと褒賞が贈られることだろう」

「いえ、とんでもない」

ぼくは静かに、首を横に振る。

「ぼくたちは大したことはしていません。ただ、軍勢の一部を無力化しただけです。帝国が手を打ったのでないなら、反乱の収束は敵が手を引いただけのこと。褒賞など過分です」

「謙虚だね。その姿勢は好ましいよ」

ヒルトゼールが変わらない笑みで言う。

「ただ……自分の功績は、きちんと認めた方がいい。自分のためにも、目を掛けてくれる者のためにもね」

「……」

「一つ、聞かせてくれないか？　セイカ・ランプローグ君」

ヒルトゼールが、ぼくをまっすぐに見つめて問う。

「僕の配下の者から報告が上がってきた。陥落した街の一つに、何やらおぞましい実験の跡が見つかったと。おそらく敵の死霊術士が拠点としていたのではないかということだ。ただ、そこには死霊術士の姿も死霊兵もなく、代わりに大規模な破壊の痕跡と、広範囲の異様な更地が存在していた」

「……」

「死霊術士がそれをなしたと考えられなくもないが……しかし死霊術という魔法の特性を鑑みれば少し奇妙だ。破壊はともかく、ただ死体を操るだけでは、瓦礫すら残さない完全な更地を作ることなどできるはずもない。思うに、死霊術士は自らの拠点で何者かと戦闘になり……敗北した。異様な更地は、その何者かがなしたものだ」

「……」

「君かい？」

皇子の問いが、ぼくを射貫く。

「君がやったのか——セイカ・ランプローグ」

ぼくは、目を逸らして答える。

「何をおっしゃっているのか、ぼくにはわかりかねます」

「僕の配下になれ」

ヒルトゼールが告げた。

青年は、すでにその顔から笑みを消していた。

ぼくは視線を上げ、その闇色の色眼鏡に隠れた目を見返す。

「僕ならば、あらゆるものを与えられる。金でも権力でも、君が望むあらゆるものを。その代わりに——君の力を、僕に貸すんだ。セイカ・ランプローグ」

「殿下は……ぼくに、何を望むのですか」

「帝位」

第一皇子は、迷いなく答える。

「僕が望むのは、ただそれだけだ」

重い重い、沈黙が訪れる。

その間も、ぼくら二人の視線は交錯していた。

しかし、やがて……ぼくは目を閉じ、首を横に振った。

「できません」

答えは、そう決まっていた。

「たとえぼくが、金や権力を必要としていたとしても……あなたの配下になることは、決してないでしょう」

「それはなぜ……っ」

ヒルトゼールが、急に言葉を止める。

その視線は、ぼくの眼前に飛ぶ光を追っていた。

昼間にはあまり目立たない、微かな緑色の光。

蛍だった。

「実はぼくも、少しばかり死霊術を使えるんですよ。あの術士の死霊術とは系統も違えば、技術的にも比べものにもならない代物ですが」

陰陽道にも、反魂の法が存在する。

それはいわば邪道であり、秘術の類ではあったが、ある程度力のある術士ならば手順さえ知れば使うことができた。

「この蛍は死骸です。さしずめ、死霊蛍といったところでしょうか」

ぼくは軽く指を上げ、死霊蛍を止まらせる。

緑色の光が明滅する。

「殿下。あの首飾りを、今も身につけられていますか？」

「……」

「パーティーの時につけられていた、蛍を模した魔道具の首飾りを。もし身につけられているのなら、今一度見せていただけませんか？」

わずかな沈黙の後……ヒルトゼールはおもむろに、服の中から首飾りを引き出した。

蛍を精巧に模した、ペンダント。

それが今――微かに明滅していた。

死霊蛍の光る様を、そのまま写すようにして。

ぼくは語り始める。

「ずっと、わからなかったことがありました。死霊術士に協力者がいるのは明らかだった。ならば、その協力者とはどのように連絡を取っていたのか。早馬や鳥のような、盗み見されかねない、足のつきやすい方法は使わないでしょう。動物の死体に手紙を預けることは簡単でしょうが、敵の正体が死霊術士とわかれば、誰もがその方法に思い至る。運び手をたどられればすべてが露見しかねない」

協力者は、帝国の地理や街の情報をよく知り、高価なモンスターや魔族、そして反乱軍の死体を用意できるほどの力を持つ、権力者。

ならば、実行役となる死霊術士との連絡も慎重になる。

「ことが済んだ後、ぼくは一つの違和感を思い出しました。殿下、あなたはなぜ、パーティーでその首飾りを身につけていたのでしょう。暗い場所を照らすために買い求め、結局役に立たないとわかった魔道具を、日中のパーティーでなぜ。服の下に隠していれば、装飾品としての役割も果たせないというのに」

皇子が返してきたのは、沈黙だった。

ぼくは続ける。

「万が一にも、誰かに見出されたくなかった……ぼくはそう考えました。殿下、西方の地では、季節外れの蛍が多く飛んでいました。死霊兵の周りにも同様に。あれらが本当に生きていたのか

「……ぼくは確信が持てません」

形が似ているものには、同じ性質が宿る。人間はそのように思い込む傾向がある。呪術思考は、呪いの基礎だ。

同じ顔の死体を使って、自身の死霊術を遠くまで伝わせられるのなら。

蛍の死骸に灯した光を、離れた場所にある別の死骸と……あるいは、蛍を模した魔道具と同期させることくらい、容易い。

「通信は、〇と一さえ表せれば成り立ちます。具体的に言うならば、光の短い明滅に〇、長い明滅に一を当てはめただけでも、成り立ってしまう。一度光るだけならば二通りですが、三度なら八通り、六度なら六十四通りもの情報を表すことができる。ここまで複雑になれば、音素を一つ一つ当てはめて、言葉による通信だって可能になります」

陰と陽、たった二通りの爻が、三つ組み合わされれば八卦を、六つ組み合わされれば六十四卦を示す。

この原理を通信に用いる程度のこと、ぼくでなくても誰でも思いつく。

「あまり長い情報は伝えられないでしょうが……秘密の通信手段としては優れた方法だったことでしょう。物理的な距離を移動しないために速く、何より秘匿性が高い。辺りに飛んでいる蛍が生きているのか、それとも死霊術士に操られた死骸なのかなんて、人間の目では判別のしようがない。首飾りが光っていても、そのような魔道具だと言われれば信じるしかない。怪しむ者がいても、光の明滅に意味があるとはとても思われない」

西方の地から帝都まで、死霊蛍を一定の間隔で配置し、終着点に蛍を模した魔道具を設定する。それだけで、光による秘匿通信が成立する。

皇子の言っていた通りに、魔力を込めて首飾りの蛍を光らせることができるのなら、双方向の通信すらも可能だ。

ヒルトゼールは、なおも沈黙を保っていた。

ぼくは続ける。

「もちろん、これはただの憶測です。まったくの見当違いだったならば、そうおっしゃってください。死霊蛍に連動し、首飾りが光ったのはただの偶然だと。パーティーの時に身につけていたのも、ただ意匠が気に入っていただけだと。弟たちの反乱工作を事前に掴み、それを死霊兵として利用するべく画策できるような者が、自分の他にもいたのだとそうおっしゃってください。……その際には、非礼を詫び、殿下の前に二度と姿を現さないと誓いましょう」

ヒルトゼールは、しばらくの間沈黙を保っていた。

だが……やがてふっと、微かな笑声を漏らす。

「その暗号、実は僕が考えたものだったんだ」

皇子の纏う雰囲気は、先ほどまでとは打って変わり、一見すると穏やかなものになっていた。

「連絡手段なんて、僕は別に、死霊鳥に手紙を預けてくれればそれで十分だと思っていたのだけどね。あの男には何やら美学があるらしく、そんなつまらない方法は使いたくないとごねられた。そこで、あの暗号を提案してやったんだ。幼い頃、荒唐無稽な夢想の中で作った、拙い暗号を」

ヒルトゼールは、自嘲するような笑みとともに続ける。

「今思い出しても恥ずかしい夢想だよ。帝城を、暴徒が襲うんだ。幼い僕は弟たちとともに、城の一室に捕らえられる。使用人と弟たちを守るため、僕は暴徒の頭目と粘り強く交渉しながら、こっそり配下の精強な戦士たちに合図を送る。とととーんととん、ととーんととーんとん。壁を叩く二通りのリズムの組み合わせで、言葉を表すんだ。夢想の中では二の五乗、三十二通りを採用していたな。暴徒たちの隙を突き、僕の合図で、配下の戦士たちがなだれ込んでくる。僕も剣を持って戦うんだ。暴徒はみんな倒されてしまう。僕は英雄になる。帝都の広場で、民衆に称えられる……恥ずかしいと前置きしていても、恥ずかしいな。これは」

ヒルトゼールは、ばつが悪そうに頬を掻いた。

確かに、子供の英雄願望が表れた、幼い夢想だ。

だが、そんな幼少期から二の累乗を理解し、暗号を自力で作ってしまったというのは、やはり俊英というほかかない。

「それにしても」

ヒルトゼールは皮肉げに笑う。

穏やかな物腰の中に、微細な刃が混じり始める。

「民に称えられたくて作った暗号を、まさか民を死体に変えるために使うことになるとは……あの頃の僕が知ったらきっとがっかりするだろうね」

「……なぜ」

　ヒルトゼールの纏う雰囲気に飲まれかけながらも、ぼくは問う。

「なぜ、このようなことを……」

「帝国の未来のためだよ」

　微笑とともに、皇子が言う。

「慣習を踏まえても、適性を踏まえても、次期皇帝は僕が最もふさわしい。だが、そんな僕の派閥からは離反者が相次ぎ、止まる気配がない。僕への裏切りは帝位争いを激化させ、未来に混乱をもたらす悪しき行為だ。僕は帝国の未来を担う者として、彼らに罰を下す責任がある。領地を壊滅させ、政治的に失脚させ、裏切りを後悔させる責任が。それは、今以上の離反を防ぐ役目も果たす……俗な言い方をすれば、見せしめだね」

「……そんな」

　思わず、言葉に詰まる。

「そんなことのために……数万もの民を、犠牲にしたのですか」

「そこが、為政者とそうでない者との感覚の違いだ。いいかい、冷静に考えてみてほしい」

　ヒルトゼールは、まるで諭すように言う。

「たかだか、数万じゃないか」

　青年が発した言葉の意味を、ぼくは理解することができなかった。

「なん……ですって？」

「四年前の調査の時点で、帝国全土の人口は八千五百万を数えている」

ぼくの表情など見えていないかのように、ヒルトゼールは続ける。

「四年経った今、調査から漏れていた者も含めるならば、おそらく人口の総数は一億に迫るだろう。わかるかい？　一億だ。数万という巨大な数も、一億に比べれば霞む」

「っ……それでも」

皇子の言葉に、ぼくは愕然としながらも言い返す。

「数万の民は、皆生きていたのですよ。それを……」

「民一人一人の人命を尊ぶ贅沢が許されるのは、精々領主までだ」

ヒルトゼールの言葉は、まるで異質な生物が語る概念であるかのように、こちらの理解を拒む。

「為政者には許されない。百人を生かすために九十九人を殺す選択を、常に強いられる。誤ればより多くの民が死ぬ。人命を糧にする勇気なくして、国は成り立たないんだ」

ヒルトゼールの表情は、わずかにも揺るがない。

自らが発した言葉のすべてを、心から信じているようだった。

気づけば、ぼくは一歩足を退いていた。

これほどの怪物は、見たことがなかった。

暴君はいた。狂気に飲まれた君主も、欲望のあまり失政を繰り返していた君主も。

だが――――ここまで透徹した論理性を備えながら、非道を極めた結論を導く為政者を、他に知らない。

「もっとも……本当は、ここまで殺す予定はなかったんだけどね」

圧倒されるぼくの前で、青年が苦笑するように言う。

「陛下がさっさと帝国軍の派遣を決めてくだされば、それを罠に嵌め、戦力を確保する目論見だった。それが議会や武官たちと散々にごたついてくれたおかげで、惰弱な民衆しか死霊兵にできず、余計な犠牲を払うことになってしまったよ。でも……これでようやく、戦力がそろった。やっと始められる」

ヒルトゼールが、穏やかな笑みを浮かべる。

悪い予感に、ぼくは思わず目を見開く。

「始める……？　何を、もう終わったはずでは……」

「まだだよ。死霊兵が蹂躙していたのは、ほとんどが弟たちの支援者の領地だ。裏切り者への処罰はこれから始める」

「馬鹿な……死霊兵たちは、すべて力を失ったはずだ」

「あんなのはただの目くらましだよ。本命は民の中から力ある素体を選び抜き、露見しないよう分散させ伏せていた、精鋭一万だ。あれがあればどんな都市でも落とせる……と、あの男は言っていたね」

ヒルトゼールが不敵に言う。

「といっても、目標はただ一つ――――峡谷の街テネンドだ。あそこを滅ぼし、派閥を離反したダラマト侯爵を完全に失脚させる。皆が思い知るだろう、僕を裏切った者の末路がどのようなものかを。それで、目標は達せられる」

　ぼくは、一瞬言葉を失った。

「テネンドを、滅ぼすだと……？　何を考えているんだ。あの街の人口は、数万などという規模じゃない……これまでとは桁違いの民が死ぬんだぞ」

「それでも、一億に比べれば安い」

　ヒルトゼールの笑みは、いささかも揺るがない。

　ぼくは反射的に、懐のヒトガタに手を伸ばす。

「ふざけるな……！　そんなことっ」

「ならば、僕に忠誠を誓うか？」

　ヒトガタを掴んだ手を止める。

　ヒルトゼールが、穏やかに続ける。

「僕を殺したところで、あの男が侵攻を止めることはない。すでに指示は出してしまったからね。だが……今この魔道具を使って連絡し、止めれば間に合うかもしれない」

　青年が、左手に掴んだ蛍の首飾りを揺らす。

「僕はそれでもかまわない。君が手に入るのならば、見せしめなどよりはるかに大きな成果となる。……セイカ・ランプローグ、真相にたどり着いた君に敬意を表し、選択肢を与えよう」

　色眼鏡の奥に隠れた視線が、ぼくを射竦める。

「テネンドの民を生かすか殺すか、君が選ぶといい」

ぼくは……言葉を失い、立ち尽くした。

打てる手はない。

今から蛟を飛ばしたところで、間に合うかわからない。そして間に合うか否かにかかわらず、ドラゴンを従えているとわかった者を、帝国が放っておくわけがない。政争の渦の、中心に巻き込まれることは避けられなくなる。

一方でたとえ嘘でも、忠誠を誓うのは危険すぎる。ぼくの言質を、この謀略家がどのように利用するかわからない。

ヒルトゼールから、目が離せない。

目の前の青年を殺すことは容易い。妖が一噛みすれば、呪いが一撫ですれば、それだけでこの病弱な青年は死んでしまうだろう。

だが、そんなことに意味はない。

ぼくがどれだけ強かろうと、それはこの場において、まるで意味をなさない。

ヒルトゼールの下につくなど、ありえなかった。

この男は、ぼくを政争の道具として使う。あの死霊術士のように。

そのような者の末路など……考えるまでもない。

しかし――――ぼくが断れば、十数万、あるいはそれ以上の民が死ぬ。

最強であろうと、あらゆる人間を助けられるわけではない。だからこそ、縁のある者のみを助け、それ以外を仕方ないと切り捨ててきた。

テネンドの民など、ぼくにはなんの関わりもない者たちだ。

だが……切り捨てていいのか？　一人や二人ではなく……一つの大都市に住む無辜の民すべてを、そのような理由で。

「急かす気はないが、時間は限られる」

穏やかな笑みを崩さず、ヒルトゼールは言う。

「決行の時機はあの男に任せているんだ。今この瞬間にも、民が蹂躙されているかもしれない」

「っ……」

息が詰まる。

反射的に言葉を発しようとした――その時だった。

「うふふっ」

回廊に、澄んだ音色の笛のような笑声が響いた。

振り返る。

「お兄様ったら……あまり、セイカ様をいじめないでください」

ドレスを身に纏い、水色の髪を背に垂らした、美しい少女。

フィオナ・ウルド・エールグライフ――聖皇女の姿が、そこにあった。

その傍らには、澄ました顔で控えている聖騎士レンの姿もある。

「やあ、フィオナ」

ヒルトゼールが、変わらない声で異母妹の名を呼ぶ。

しかし……その笑みは、わずかに崩れていた。

「いじめるだなんてとんでもない。僕たちは今、二人で大事な話をしていたところなんだ。……邪魔をしないでもらえるかな」

「うふふっ。その大事なお話――」

口元に手を当て、フィオナは上品に笑う。

「――わたくしも混ぜてくださいな」

その時。

不意に力の流れとともに――回廊に人影が出現した。

全身鎧。腰には剣。篭手を嵌めた右手で、麻袋のようなものを握っている。

その姿には、見覚えがあった。

「戦姫……っ!?」

突然の事態に身構える。

だが奇妙なことに……ぼく以外の者たちは、突然転移によって現れた戦姫にそれほど驚いている様子がない。

「手土産を持ってきました」

笑みを崩さず、フィオナが言った。

反面、ヒルトゼールの表情は曇っていく。

「さあ、お兄様にお渡ししてあげて――エリーシア」

それを合図に。

戦姫が、右手に持っていた麻袋を、無造作に放った。

麻袋は中に丸い物が入っているらしく、ヒルトゼールの方へところころと転がっていく
――床に血の跡を残しながら。

やがて青年の足元で、麻袋は止まった。

その口からは、わずかに毛髪がはみ出している。

「……」

ヒルトゼールは杖をついたまま屈むと、左手で毛髪を掴み、持ち上げた。

麻袋が外れ、中身が露わになる。

「っ……！」

ぼくは息をのむ。

それは、人の首だった。

呆けたような表情で固まっている、老人の首。

さらに言えば――それはどこか、死霊術の中継役に使われていた、中年男の顔に似ている。

あれが二十も歳をとれば、こうなるのではないかという顔だ。

「っ、まさか……！」

――あの死霊術士の首なのか？

状況が掴めないぼくだったが、混乱の原因はもう一つあった。

フィオナは……あの女騎士を、先ほどなんと呼んだ？

「出会うのは三度目だな、セイカ・ランプローグ！」

どこか子供らしい溌剌さの残る声で、女騎士が言った。

「あの時は無礼なヤツとか言ったが……すまん！ よく考えたら、まだちゃんと挨拶もしてなかったな！」

女騎士が、その兜を取る。

パーティー会場で見た覚えのある、艶のある金髪が流れた。

ぼくよりもいくらか年上に見えるその女性は、整った顔にやや子供っぽい笑みを浮かべて、口を開く。

「聖騎士第二席、エリーシア・バド・マディアスだ！ マディアス公爵家の長女で、フィオナの友達で、あとそいつの婚約者だぞ！」

ぼくはあんぐりと口を開けた。

およそすべての情報がありえなかった。何から訊けばいいのかわからない。

「……やっぱり、君は僕の邪魔をするんだね。エリーシア」

自らの婚約者を見つめながら、憂いの籠もった表情でヒルトゼールは言った。

「ああそうだ！ 企みは挫いたぞ、ヒルトゼール！」

エリーシアは婚約者を鋭く睨み返す。

「死霊兵の軍勢は全滅させた！ 術士だって倒した！ テネンドの街は、今も無事だ！」

その言葉に……ぼくは、自分でも意外なほど安堵した。

ヒルトゼールは小さく嘆息すると、自らが掴んでいる死霊術士の首に視線を落とす。

「あれほどの魔術師が、負けたのか……少し信じられないな。これは本当に本人のものかい？　あの男は同じような顔の死体をたくさん作っていたから、僕ですら判断がつかないのだけど……君には見つけ出せたと？　フィオナ」

「ええ」

微笑をたたえ、フィオナがうなずく。

「知っていましたか？　お兄様。死霊術には、死体以外にも必要なものがたくさんあることを。どれだけ卓越(たくえつ)した術士であろうと、様々な素材や道具の多くは、買わなければ手に入らないのです」

「……物資の流れを押さえられたか。商会に顔が利くのは厄介だな」

ヒルトゼールは苦々しげな表情を浮かべる。

「だが、あの男がその程度の用心を怠(おこた)ったとも思えないが」

「ええ。拠点を複数構え、物資の搬入も分散させているようでした。しかし……人間用の食糧が搬入されていたのは、常にそのうちの一箇所だけです」

「ああ……はは、なるほどな」

ヒルトゼールが失笑を浮かべ、左手の生首を眼前に掲げる。

「どれだけ死体に親しもうと……結局こいつ自身は、生者に過ぎなかったというわけか」

青年が首を放り投げる。

稀代(きたい)の死霊術士は、首だけで回廊を転がり、壁にぶつかって止まった。

「今回は……ずいぶん思い切った手を打ったものですね、お兄様」

フィオナが、笑みを消して言う。

「わたくしの支援者に損害はないばかりか、混乱に乗じて利益を上げた商会も多かったのですが……とても看過(かんか)できませんでした。さすがに、目に余ります」

「残念だよ、フィオナ」

失望したように、青年は異母妹を見つめる。

「弟たちとは違い、賢い君なら理解してくれると思っていた。次期皇帝は、どう考えても僕以外にありえない。それを妨げようとする者は、帝国を混乱に陥れる危険因子だ。排除するためならば、多少の犠牲はやむを得ない」

「なに言ってるんだ！　そんなわけないだろっ！」

エリーシアが、強く言う。

「お前から人が離れていくのは、お前自身が不甲斐ないからだ！　陛下の長男という立場と、自分の頭のよさを過信して、応援してくれる人たちの心を繋ぎ留めてこなかったからだろっ！　そういう自分の至らなさを、民の命で補おうとするなっ！」

ヒルトゼールの表情が歪む。

エリーシアはなおも続ける。

「お前の妻にはなってやる！　子供だって産んでやる！　だけど、皇帝にだけはさせないぞ！　人命を軽んじるお前に、民の暮らしを預かる資格はない！」

そして――聖皇女を、手で示して宣言する。

「次の皇帝にふさわしいのは、フィオナだ！」

回廊に、沈黙が訪れる。

ヒルトゼールとフィオナが、視線を交錯させる。

だが……やがてヒルトゼールの方が、ふっと笑って視線を下げた。

「今回は僕の負けだ。大人しく引き下がることにするよ」

そう言って、一歩足を踏み出す。

ぼくの横をすり抜け、エリーシアとフィオナの傍らを通って、回廊の向こうへと歩き去ろうとする。

杖をつき、緩慢（かんまん）に歩を進める青年の背を、ぼくは見ていた。

その視線に気づいたかのように……ヒルトゼールはふと足を止め、ぼくを軽く振り返って言う。

「さようなら、セイカ・ランプローグ」

第一皇子が歩き去って行く。

その後ろ姿を、ぼくはずっと見つめていた。

◆　◆　◆

「あの……」

帝城の回廊を行く。

第一皇子ヒルトゼールと、一悶着とは言えないほどのやり取りを終えた直後だが、この後は皇帝との謁見が待っている。

とはいえ、今は一人ではない。

ぼくは、傍らを歩く全身鎧の女騎士に声をかける。

「あらためまして、セイカ・ランプローグです。田舎貴族なのでご存知かはわかりませんが、現ランプローグ伯爵家当主、ブレーズ・ランプローグの三男です。お目にかかれて光栄です、エリーシア殿……」

「むっ、なんかよそよそしいな！」

一応、相手は公爵家という超上級貴族なので、それなりに格式張った挨拶をしておく。

しかし女騎士は、公爵令嬢とは思えない答えを返してきた。

「アタシはそういうのきらいだ！　フィオナの友達なんだろー？」

「は、はあ……」

「じゃ、敬語とかいらないぞ！」

そう言って、エリーシアはガキ大将みたいな笑みを浮かべた。

あのパーティーの時、ヒルトゼールの隣で硬い表情をしていた女性がこれとは、少し信じがたい。

ぼくはやや唖然としながら言う。

「その、失礼で申し訳ないんだが……本当に公爵令嬢なのか？」

「そうだぞ！　なんでだ？」

「いや、だって……」

そう思えない要素しかない。

とりあえず、あまり失礼じゃない、かつ一番気になるところを訊いてみる。

「……なぜ、それほど強い？　序列二位の聖騎士で、死霊兵の精鋭軍を壊滅させ、あの術士の首を取ってくるなんて……公爵家の娘として生まれた身で、どうやったらそこまでの力を身につけられる」

普通に考えればありえない。剣や魔法を学ぶにしても、たしなみ程度なはずだ。教養や礼儀作法などの習得に時間を取られ、技を極める余裕がない。何より、豊かな生活を送り、将来すら約束されている者が、強さを求める動機がない。

エリーシアは少し首をかしげた後、堂々と答える。

「わからん！」

「ええ……」

「もちろん、剣も魔法もがんばったぞ！　でも、普通はがんばったくらいじゃ強くなれないらしいな……。なんでアタシだけ特別なのかは、知らん！」

「……」

啞然としていると、フィオナが補足するように言う。

「エリーシアはマディアス公爵家の長女に生まれ、公爵令嬢としてふさわしい教育を受けながら育てられました。貴族の娘としては珍しく剣の師匠をつけられ、魔法もたしなみ程度に学ばされたようですが、それだけです。特別な教育がなされたわけでも、本人が強さを求めたわけでもありません。いわゆる、英雄というやつですね」

英雄。

その意味の言葉は前世でもこの世界でも、複数の文脈で使われていたが……この場合は、ある特徴を持つ人間を指している。

異様なまでの強さだ。

血筋も環境も無関係に、突然この世に生まれ落ちる、なんの理由もなく強い者。人の身を超越する者。それが英雄だ。

前世でもいた。たった一振りの太刀で、おびただしい数の鬼や龍を斬った武者。八度の転生を重ね、上位龍にも匹敵する神通力を得た化け狐を、九つに裂いて封じた術士。

この世界ならば、あの死霊術士などがそれに当たるだろう。

そして言ってしまえば……ぼくもそういった連中の一人だ。

「ただ、残念ながら」

フィオナが苦笑とともに、エリーシアに顔を向けて言う。

「公爵令嬢には、あまり向いてなかったようですけれど」

「……そっちだって、ちゃんとがんばったんだぞ」

「……確かに、パーティーではかなり居づらそうにしていたな」

ぼくが言うと、エリーシアは先ほどまでとは打って変わってシュンとした顔になる。

「社交界はきらいだ……。アタシが喋ると、みんないやな顔するんだ。言葉遣いが悪いとか、品がないとかって……。だから、じっと黙ってることにしてる」

「まあ……無理もないというか……」

「うふふ、わたくしは一生懸命おしとやかにしてるエリーシアも、かわいらしくて好きなのですけれど」

「やめろっ。あの時もいやだったんだっ、パーティーなんて出るつもりなかったのに！」

エリーシアが整った顔を歪めて言う。

「報告のために戻ってきたらあいつに見つかって、無理矢理連れ出された！　あいつは本当に口がうまいんだ！　最悪だ！」

「……」

と、公爵令嬢がわめく。

その様子を見ながら、ぼくは静かに言う。

「報告、か……。やはりフィオナの指示で、ずっと動いていたのか」

「？　そうだぞ！　たまに戻ってきてたけどな！　アタシは早馬より速いぞ！」

エリーシアが胸を張って言う。

転移魔法をあれほど自在に操れるのなら、それは速いだろう。西方で暗躍しながら、帝城へ報告に戻ってくることだって無理なくできる。

だが、問題はそこではない。

「思えば、聖騎士を動かしていると最初から言っていたな……。戦姫の噂も、君が流したものだったのか。フィオナ」

「いいえ。あれは自然発生したものでした。エリーシアが侵攻されそうな街の住民を追い出し、避難させていたのは本当のことですから」

フィオナが、特に取り繕う様子もなく普通に答える。

「エリーシアはとても強いですが……死霊兵の軍勢すべてを相手にできるほどではありません。鎮圧には、敵の死霊術士を叩くしかありませんでした。そのため消耗を避けつつ、わたくしが居場所を探り当てるまでの時間を稼ぐ必要があったのです」

フィオナは淡々と、事の真相を明かす。

「普通、略奪の対象と言えば何より食糧と水ですが、今回の場合は死体です。死霊兵は飲食による補給を必要としませんが、消耗した死体を交換しつつ、さらに軍勢を拡大しようとしていました。街を空の状態で明け渡すことは、敵の進軍を徒労に終わらせるという、消極的ながらも確実な抵抗だったのです」

合理的、ではあった。

西洋における古代の戦役の中でも、敵の侵攻に際し事前に街や村を焼き払うことで、補給を不可能にし撃退した記録が残っている。

こちらにも似たような歴史があるのかは知らないが、死体の軍勢相手によく考えついたものだ。

ただ……問題はそこでもない。

「もちろん、逃げた住民たちの生活もきちんと補償しています。戦乱で儲けた以上、傘下の商会にはしっかり利益を吐き出させていますので、そう遠くないうちに彼らも街へ戻れることでしょう」

後ろめたそうな様子もなく語るフィオナに、ぼくは言う。

「やはり……君は知っていたんだな。ぼくらが帝都に来るずっと前から、反乱軍の実態が死霊兵だったことを」

「……？　ええ。それはもちろん」

やや怪訝そうな表情をしながら、フィオナがうなずく。

その反応に少々戸惑いつつも、ぼくは責めるように言う。

「どうして、ぼくたちに黙っていたんだ」

「……」

フィオナはいよいよ、この人は何を言ってるんだろう、とでも言いたげな表情になった。

予想外の反応に、ぼくはさらに困惑する。

「……あの時点ではまだ、帝都でその情報を掴んでいる者は限られていました。わたくしが実態を知り、動いていると、万一にもお兄様に気取られたくなかったのです。密談に不慣れなセイカ様たちには、帝都の中ではとても明かせませんでした」

不承不承といった様子で語っていたフィオナの表情が、そこで険しいものになる。

「今回の件では、わたくしにも言いたいことがあります。……どうして指示に従ってくださらなかったのですか。みなさんが死霊兵と交戦し始めたと報告を受けた時は驚きました。幸い、計画の変更までは必要なかったものの」

「……指示？」

ぼくは目を瞬かせる。

「なんの話だ……？　出立前に、何か言っていたか？」

「へ？」

フィオナもぽかんとした表情になる。

「いえ、出立前ではなくて……道中に、レンから聞いたでしょう？　一通りの事情と一緒に」

ぼくらは黙って顔を見合わせる。

それから……後ろを澄まし顔で歩いていた少年森人を、一斉に振り返った。

レンがぎくりとした顔になる。

「いっ、いや、それはその……」

しどろもどろになりながら言い訳を始める。

「お、おろかな人間に、ちゃんと伝えていたような……？」

「聞いてないぞ」

「おかしいですね～……失念したのでは？　困りますねぇひんへんはっへひゃへへふははい」

「フィオナっ！　こいつクビにしよう！　アタシにも斬りかかってきたんだぞ！」

エリーシアが、レンの両頬を左右から引っ張っていた。

フィオナが森人（エルフ）の聖騎士に冷たい視線を向ける。

「レン。正直に言いなさい」

「ほほ……そ、そのう……」

両頬を解放されたレンが、目を逸らしながら言う。

「……ボクが一人で、敵の魔術師を倒してやろうかな～、って……姫様が目を掛けているほどの人間なら、ひょっとしたら居場所も探れると思って、それで……」

「……要するに、功を焦ったということですか」

フィオナが深く溜息をつき、少年森人（エルフ）を冷たく見据える。

「あなたの性格には問題があると思っていましたが……まさか、伝言すら満足にできないとは思いませんでした」

「しかもこいつ、アミュにも喧嘩を売って、挙（あ）げ句（く）自分の剣を壊されてたぞ」

ぼくが告げ口をすると、レンが露骨（ろこつ）に焦る。

「お、おろかな人間！　余計なことを……」

「はい？」

「いっ……」

フィオナの顔に浮かぶ表情を見て、レンが固まる。

「……はあ。レン、あなたは宝剣が直るまで謹慎(きんしん)です。それが明けてもしばらくはヴロムドかカヌ・ルと一緒に行動させます。あと減給です」

「そんなぁ～」

「そんなぁ～じゃないぞ！」

エリーシアがレンの頭をひっぱたく。

「アタシにはなんで攻撃してきたんだっ！」

「だ、だって……エリーシアとおろかな人間が顔を合わせたら、バレるかもしれないと思って……」

「そんな理由で森人(エルフ)の宝剣の魔法を味方に向けるなっ！　アタシはなー、お前たちがフィオナの予定にない行動を取ってたから、セイカとかいうやつが裏切ったんじゃないかって心配してたんだぞっ！　お前だって殺されてると思ったんだ！　アタシの心配を返せっ！」

「ほ、ほへんはへい～」

エリーシアがまたレンの頬を引っ張っている。

あの日、ぼくがエリーシアにいきなり襲われたのは、どうやらそのような事情らしかった。

ぼくも思わず言う。

「お前、よく考えたらぼくたちに、責任がどうとかフィオナに迷惑かけるなとか散々言ってたけど、結局自分が一番迷惑かけてるし責任感も皆無(かいむ)じゃないか」

「い、言い過ぎではっ？」

「そんなことを言っていたのですか……あなただけは、それを口にする資格がないでしょうね」

呆れたように呟いたフィオナが、さらに追い打ちをかけるように言う。

「宝剣なしのあなたでは、グライにも勝てないでしょう。これからしばらくは九席を名乗りますか？」

「はぇ～っ⁉　ゆ、ゆるじでくだざい～」

レンが泣き始める。どうやら、グライ以下は本気で嫌らしかった。

思った以上の本気泣きに、若干哀れに思えてくる。

そんなぼくの顔を見て、エリーシアが言う。

「気にすることないぞ！　どうせ明日にはケロッとしてる。こいつはいつもそうだ」

「あ、そう……」

一気にどうでもよくなった。

ついでに、ぼくは気になっていたことを訊いてみる。

「さっきちらっと言っていたが、そいつが持っていた魔石の剣は直るのか？　かなり希少なもののように見えたが……」

「直るぞ。破片を集めておくと勝手にくっつくんだ、ちょっと小さくなるみたいだけど。森人（エルフ）の里に伝わる宝剣らしい。こいつが、自分の里を出るときに盗んできたものだ」

「うわ……」

「だって、ボグが一番上手ぐづがえるんでず～」

盗人（ぬすっと）本人が泣きながらなんか言っているが、普通に最悪だった。

若干引きながら言う。

「よくこんなのを聖騎士にしているな……」

すると、フィオナとエリーシアが顔を見合わせ、なんとも言えない表情を浮かべる。

「それは、そうですが……皆多かれ少なかれ癖（くせ）がありますし……」

「少なくとも序列三位のやつよりはマシだ」

「ええ、あれよりはマシですね」

「いや……どんな集団だよ」

ぼくは呆れる。

こんなのが標準とはどうかしている。聖騎士とは本当に名ばかりのようだった。

典型的な、頭のおかしな強者ばかりで構成されているようだが、よくそんな連中を集めたものだ。フィオナが統制できているのが不思議すぎる。

「まあ、レンはまだ、状況を致命的に悪くしたことはありませんから」

フィオナが言う。

「今回も、むしろ……彼の功績というと腹立たしいですが、みなさんが死霊兵を倒してくれたおかげで、民の犠牲が減りました。その分時間も稼げたので、もしかしたらテネンドの防衛も死霊術士の討伐も、みなさんの働きがなければ叶わなかったかもしれません」

「……そうか」

ぼくは小さく呟き、言う。

「あの峡谷の街は、守れたんだな」

「はい。ただ、軽くない損失は出しましたが……」

フィオナが難しい顔で口ごもる。

「死霊兵の急襲に対抗するため、街に繋がる橋を二つとも、エリーシアの魔法で落とさざるをえませんでした。しばらくの間、人の流れに支障をきたすことになるでしょう」

ぼくは、台地の上に築かれた街、テネンドの威容を思い出す。

街を挟む峡谷に架かっていた橋が両方失われたのなら、街へ行き来するには背後にある険しい山林を通らなければならなくなる。死霊兵の侵攻は確実に止められただろうが、確かに損失としては軽くない。

フィオナが言う。

「しかし、幸いにも人命は失われずに済みました。橋の再建費用も、おそらく国庫から助成されるでしょう。ダラマト侯爵は政治的な力も強い方ですので、そのあたりはうまくやると思います」

それから、フィオナが付け加える。

「この程度で済んだことは、本当に幸いでした」

「……そうだな」

アミュが強く言わなければ、ぼくたちが西方の地に向かうこともなかった。

もしそれが、テネンドの民を助けたのだとしたら……あの子ががんばった意味も、あったのかもしれない。

その時、ふと気づく。

「ところでなんだが……ぼくらとのすれ違いが起こっていたことは、未来視でわからなかったのか？」

レンの独断専行を事前に知れれば、封をした手紙を預けて道中で開封させるような対策も取れたように思える。

訊かれたフィオナが、苦い顔になる。

「……残念ながら、わかりませんでした。この力の欠点です」

フィオナは続ける。

「レンが功を焦ったことによって、悪いことが起これば気づけたのでしょうが……結末が望ましい形だった以上、わたくしは未来に問題がないと捉えていました。するとレンの企みに気づくには、それが発覚した、まさに先ほどの瞬間を視なければなりません。どの場面を視られるかまでは、わたくしの思い通りになりませんので……」

「ああ、なるほど……」

なんとなく、未来視の扱いにくさがわかってきた。

万能でないことはわかっていたが、思った以上に不便そうだ。未来が視えるといっても、布にあいた虫食い穴から外の景色を覗くようなものなのかもしれない。

「それで……君はよく、あんなのと渡り合えているな」

未来が視えるのならば、あらゆる政敵に先んじられるものと思っていた。

ただ、そう都合よくはいかないらしい。

皇女とはいえ、フィオナも十六の少女にすぎない。帝国の宮廷など、魔境に等しいはずなのだ。

「そこは、努力です」

そう言って、フィオナは顔の前で両手を小さく握って見せた。

それは年頃の少女らしい、しかしあまり謀略家らしくはない、かわいげのある仕草だった。

フィオナは笑みとともに言う。

「わたくしは負けません。ヒルトゼールお兄様にだって」

「……」

ぼくは沈黙とともに、あの第一皇子のことを思い出す。

恐ろしい男だった。知性も、冷酷さも……己が皇帝になるのだという、その狂気的な信念も。

ぼくの力を知りながらもその前に立ちはだかり、まるで死を恐れる気配のなかったあの狂気は、どこから来たものなのだろうか。

「あいつは、自分に厳しいんだ」

その時、エリーシアがぽつりと言った。

「アタシは許嫁だったから小さい頃から知ってるけど、すごかったぞ。剣を振っては倒れ、呪文を唱えては倒れてた。皇帝になるならこれくらいできなきゃダメだって、あの体で言うんだ。もう何度、医者のところに背負っていったかわからない。ただのたしなみ程度の、剣と魔法でそれだ。勉強なんて、厳しい家庭教師が本気で心配するほど入れ込んでたみたいだった」

エリーシアが、表情を曇らせながら続ける。

「次期皇帝に自分がふさわしいって、あいつが言ってるのは……それが本当のことだからなんだ」

「本当のこと……？」

「本当に、あいつが一番ふさわしいって意味だ。体の弱さを差し引いても、ヒルトゼール以上に皇帝をうまくやれるやつがいない。本人はそう思っていて……たぶん、それは事実なんだ。もし自分以上に皇帝にふさわしい者が現れれば、あいつはきっとそれを認めて、悔しくても身を引く気がするから」

「……」

ぼくは沈黙を返す。

理解できる気がした。

仮にもっと適した人物がいるのなら、二番目の派閥が皇帝派になんてならない。現時点で養子の候補がいない以上、宮廷の外で見つかることも期待できないだろう。

たとえ数万の犠牲を払っても、それ以上に国を富ませ、帳尻を合わせる。

ただ冷酷で狂気的なだけではなく、その程度のことをあれはやってのける気がする。

皇帝が凡夫には務まらない地位ならば、あの男こそ、その地位にふさわしいのかもしれない。しかし――――それを肯定できるかは、別だ。

「ふさわしいだけじゃ、ダメなんだ」

エリーシアが彼方を見つめるように、視線を上げて言う。

「あいつには足りないものがある。そのせいで、きっと民は苦しむ。誰かが止めなくちゃならないんだ」

「だから君は……フィオナに忠誠を誓っているのか？」

エリーシアを見つめ、ぼくは問う。

「ヒルトゼールの婚約者で……未来の皇妃という立場でありながら」

本来ならば、敵対派閥のはずだ。

フィオナに与(くみ)することは、ヒルトゼールを裏切り、自らが皇妃になる未来を捨てることを意味する。

この女騎士が皇妃の地位を積極的に求めているとも思えないが、それでも公爵家の行く末を大きく左右することになる。決して軽い決断ではないはずだ。

「それはちょっと違うぞ」

エリーシアが、小さく笑って言った。

「あいつを止めたいのは本当だ。でもそれだけじゃない。フィオナには恩があるんだ」

「……恩？」

「そして、今では友達だ。仲良くなったからわかった。フィオナはあいつにないものを持ってる。フィオナならきっと、いい皇帝になれるって！　だからアタシは、聖騎士になったんだぞ！」

エリーシアが、にっと笑う。

ぼくはというと、彼女の語った話の内容に、やや違和感を覚えていた。

エリーシアにとってのフィオナ以上に……フィオナにとってエリーシアは、喉から手が出るほど欲しい人材だったはずだ。

これほどの英雄は、この世界にそうはいない。

そんな相手に恩を売れたとなると、フィオナは相当な幸運に恵まれたことになる。

ふと、フィオナに目をやった。

聖皇女は微笑んでいる。

その時――ぼくは急に気づいた。

「ああ……そうか」

幸運じゃない。

フィオナは初めから、自分が差し出せるものを欲するエリーシアに目を付け、近づいたのだ。

未来視を使えば、機会も演出できる。恩だって売れるだろう。

あとは簡単だ。交流を結び、自分の持つ価値を認めさせるだけ。ヒルトゼールに対抗できる派閥と、帝位の継承権を持つ自分自身という価値を。相手に、決してそうとは悟らせない形で。

フィオナはそのようにして、条件に合う強者を探し出しては聖騎士としてきたのだろう。

皇帝という地位は、凡夫には務まらない。

ならば彼女には――どうだろうか？

「そうだっ。セイカも、聖騎士にならないか？」

「えっ」

突然の提案に、ぼくは動揺の声を上げた。

エリーシアが、まるで名案を思いついたかのように続ける。

「聖騎士になれば、セイカを利用しようとするやつも寄ってこなくなるぞ！　何かあっても、フィオナが助けてくれる！」

「……」

「それに、お前が仲間になってくれたら心強いぞ！」

エリーシアが快活な笑みで言う。

それは、確かにぼくにとって利益がある提案ではあった。

勇者一行は今、フィオナの庇護下にあることになっている。ただそれは、あくまで暫定的(ざんていてき)なものだ。アミュ、あるいはぼくに目を付けた者が寄ってくる可能性はいくらでもある。

政治的にも、守ってくれるだろう。

しかし――それでは、ヒルトゼールの下につくのと何も変わらない。

「……エリーシア。ダメですよ、セイカ様を困らせたら」

ぼくが何か答える前に、フィオナが割って入ってきた。

「セイカ様には、セイカ様の仲間がいるのですから」

「えー？　でもなぁ！」

「聖騎士は今でも足りています。無理を言って引き入れるものではありません」

「うーん、そうかー？　それなら仕方ないなー……」

エリーシアは残念そうにしていた。

ぼくは少々の気まずさを感じながら、フィオナに言う。

「……悪い」

「いいのです」

フィオナは、仕方なさそうな笑みを浮かべていた。

「セイカ様を、政争に巻き込むつもりはありませんから」

「……助かるよ」

どうやら、ぼくの思いを汲んでくれているようだった。

ふと思う。そういえばフィオナはなぜ、ここまでぼくたちに世話を焼いてくれるのだろうか？

勇者やぼくの力を巡る、帝国の混乱を防ぐため。何らかの望ましくない未来を視て、それを避けるために動いているのかと思っていたが……それにしてはずいぶん、親しげにしてくれている気がする。

「ですが」

ぼくが何か言う前に、フィオナは少しいたずらっぽい笑みを浮かべて言った。

「そろそろ、うれしい言葉が欲しいですね」

「え……？　何のことだ？」

「ほら、セイカ様。わたくしに、なにか言い忘れていることはありませんか？」

にこにこと、楽しげに言うフィオナ。

その時……ぼくは気づいてしまった。

思わず微妙な表情になる。

しかし、さすがに二度目だ。いくらなんでももう逃げるような振る舞いはできない。

溜息をつきたい気持ちを我慢しながら、ぼくは口を開く。

「その……君は今日も綺麗だ、と思う」

「……へ？」

「パーティーの時のドレスもよく似合っていた。これまで生きてきて、君ほど美しい女性は見たことがない……気がする。本当に」

「は……はい!?」

「……こういう感じでよかったか？」

やや居心地の悪い思いをしながらも、訊ねる。

フィオナは……首筋から頬までを赤らめ、目を丸くしていた。

口は何かを言おうとしているが、何も言えずにあわあわするばかり。

「な……そんっ……うぐ……」

「……どうした？」

「いえっ、ち……ち、違います！　そうではなくてっ」

「え？」

「ほ、ほら！　危ないところだったでしょう！　お兄様との、あの、先ほどの！　助けに入ってさしあげたではないですかっ」

「あ……ああ」

フィオナにしては珍しく、動揺しきりで話す内容にもまとまりがなかったが、さすがにぼくも誤解に気づいた。

苦笑しながら言う。

「そっちか。悪い、本当に助かったよ。最悪、ヒルトゼールの陣営に取り込まれていたところだった……。世話をかけるのも二度目だな。感謝している」

フィオナもその実、剣呑な政治家の一人だ。本当ならば、無闇に近づくのも避けるべきなのかもしれない。

ただそれでも、ぼくやアミュたちのために動いてくれた彼女のことを、できる限り信じたいと思った。

「はい、はい……そうです、それでいいのです。はぁ……」

フィオナはなぜかぼくから顔を逸らし、こくこくとうなずいていた。

手で顔をぱたぱたと扇(あお)ぎながら、何やら呟く。

「か、完全に不意打ちでした……まさか、あのセイカ様から、あんな……うふ、うふふふっ」

それから、どういうわけかにやにやし始めた。

後ろを歩く二人の聖騎士が、こそこそと言い合う。

「こんなフィオナ初めて見たぞ……！」

「姫様もああいう顔するんですねぇ……」

ぼくは、今さらながらに恥ずかしくなってきた。

誤解にもほどがある。なぜあのタイミングで、容姿を誉めろと促されたことなんて思い出したのだろう。

思わず取り繕うように言う。

「なんだか、とんだ思い違いをしていたな……。さっきのは忘れてくれ。君ならもっと、気の利いた賛辞を聞き慣れているのだろうし」

「いえ、忘れません」

フィオナが真顔で答えた。

◆　◆　◆

回廊は続く。

ぼくらの間にも、いつの間にか言葉が尽きていた。

やがて――――その部屋の前にたどり着く。

「残念ですが、わたくしたちはここまでです」

足を止めたフィオナが、真剣な表情で言う。

「陛下がどのようなつもりで、セイカ様一人を呼んだのかはわかりません。ですが……」

「わかってるよ」

ぼくは軽く笑って答える。

ただのねぎらいなどでは、決してないだろう。

だが、それでも。

「大丈夫、あれと顔を合わせるのも二度目だ。それに、何があろうと」

謁見の間の扉を振り返り、それに手を触れる。

笑みを消して呟く。

「別に死ぬわけじゃない」

ぼくならば――――たとえどんな罠が待ち受けていようと、それが可能だった。

扉を強く押し開ける。

## 其の四

謁見の間に、ぼくは足を踏み入れる。

皇帝ジルゼリウスは、前回と同じように玉座でぼくを待っていた。

「やあ」

凡庸な顔の男が、凡庸な笑みとともに言う。

「ご苦労だったね。帝都へ戻ってきたばかりだというのに、わざわざ帝城まで出向かせてしまって」

「いえ」

ぼくは短く答える。

「して、此度はどういったご用向きでしたか」

「もちろん、ねぎらいだよ。今回はよくやってくれた。勇者であるアミュ君に頼んだことではあったけれど、君が特にがんばってくれたと聞いているよ」

それから、皇帝の男はごく普通の調子で付け加える。

「悪かったね、息子の後始末なんてさせてしまって」

それを聞いたぼくは……しかし驚くことはなかった。

皇帝を見据え、答える。

「やはり、ご存知だったのですね」

「さすがにね。こんなこともわからないようでは、皇帝なんて務まらないよ」

ジルゼリウスは、まるで市井に暮らす一市民が浮かべるような、ありふれた苦笑をその顔に浮かべた。

「あの子の狙いはなんとなくわかっていたから、軍の派遣はあえてだらだらと引き延ばしていたんだ。帝国軍を死霊兵とするために、どのような罠を張っていたかまではわからなかったからね。君たちに黙っていたのは申し訳なく思っているよ。ただ、さすがに伝えるわけにはいかなかった事情もわかってほしい。それに、やってもらうことは結局同じだしね」

気迫や凄みといったものをまるで感じさせないまま、皇帝は裏に存在していた思惑を明かしていく。

「今回の結果にはとても満足している。君たちは本当によくやってくれた。これで、ルゲイル君との約束も果たせるよ。……あ、すまないね」

ぼくの怪訝そうな表情を見て、皇帝が言う。

「多少なりとも関わりを持った人間のことは、家名ではなく個人の名で呼ぶことにしているんだ。そのせいでよく首をかしげられる。……ルゲイル君は、ダラマト侯爵のことだよ。テネンドの橋を新しくしてあげる約束をしていたんだ」

「……橋を？」

「ああ。作られてから三百年も経っていて、古くなっていたからね。魔術師は大した物を作るけれど、残念ながら整備や修繕のことまでは考えない。どちらの橋にも直しようのないところが出てきて、ルゲイル君も困っていたんだ。もっとも、三百年持たせただけでも大したものだけどね」

「ああ……なるほど」

てっきり落とされた橋を再建する話なのかと思ったが、どうやらそれ以前から老朽化による限界がきていたらしい。

どうせ新しく架けるのなら、今回の一件はタイミングがよかったと言えるだろうか。

ぼくは言う。

「それはよかったですね。政(まつりごと)には詳しくありませんが、復興の名目ならば国庫からも支出、しやす、く……」

言葉が薄れて消えていく。

猛烈な違和感が湧き上がっていた。

橋を新しくする約束をしていたというが……皇帝はいったい、どうするつもりだったのだろうか？

大帝国の君主である以上、皇帝は相当な資産を保有しているだろうが、いくらなんでもあれだけの橋を私費では架けられない。

かといって、国庫からの支出には議会の承認がいる。一貴族の領地に架ける橋の建設費用など、認められるわけがない。

戦禍に際した、復興の名目などがなければ。

それ以前の、根本的な疑問がある。

フィオナが言っていたが、第一皇子派の主流だったダラマト侯爵は去年、突然皇帝派に鞍替えしている。今回の騒動の、発端とも言える事件だ。

――――それは、なぜ起こった？

「あの古い橋……本当は君が壊してくれることを期待していたのだけどね、セイカ君」

皇帝は頬杖をつきながら、まるで世間話のように言った。

「……まさか」

ぼくは愕然とする。

「ダラマト侯爵が、第一皇子派から皇帝派に鞍替えしたのは……密約があったからなのですか？橋の再建という大事業を、帝国の金で行うという密約が」

そうだとすれば、今回の騒動の意味がまるで変わってくる。

ヒルトゼールの狂乱は、ダラマト侯爵の離反がきっかけだった。

だが……その離反が、皇帝との密約によって起こったとしたら？

そしてその密約の内容が、ヒルトゼールの狂乱を前提としたものだったとしたら？

「すべては、あなたが……」

言葉が詰まる。

「あなたが、仕組んだことだったのですか……!?」

「いやいや、さすがにそれは買いかぶりすぎだよ。人の思惑というのは、そこまで誰かの思い通りになるものじゃない」

どこまでも凡庸な表情で、皇帝は言う。

「橋を新しくする約束だって、ルゲイル君としたたくさんの約束事の一つでしかない。派閥の鞍替えも副次的なものだ。もっと具体的なお願いもしているよ。君が知ることはないと思うけどね」

立ち尽くすぼくに、皇帝は続ける。

「見込み違いだってあった。さすがにあそこまで死体の軍勢が増えることは想定していなかったよ。あの子もずいぶんいい食客(しょっかく)を飼っているとは思っていたけど、あれほどとはね。ふふ、ルゲイル君もびっくりしていたのではないかな。橋の新築をお願いしただけで、まさかあんなことになるなんて……ってね。まあそれでも、だいたいはぼくが期待していた筋書きの一つをなぞってくれたかな」

「っ……あなたは」

ぼくは、絞り出すように言う。

「あれで、望み通りだったというのですか……？　膨大な民の命を犠牲にして密約の一つを果たすことが、本当に帝国のためになったとでも……っ⁉」

肌で理解できる。

この男は、決して凡庸な暗君などではない。

占いや女に狂ったり、欲望の果てに失政したりは決してしない。

だからこそ……理解できなかった。


「うん」

どこまでも平静に、皇帝はうなずく。

「ルゲイル君との約束事もそうだし、今回の反乱まがい自体にもちゃんと意味はあったよ」

「あれだけの犠牲に見合う、いったいどんな意味があったと……!?」

「帝都で生まれる子供の数が減ってきているのは知っていたかい?」

皇帝が問いかけてくる。

知る由もないことだった。沈黙を返すと、皇帝は続けて言う。

「他都市からの流入のおかげで、まだ人口は微増しているけどね。それもいつまで続くかわからない。この現象は、いずれは帝国全土に広がるだろう」

皇帝は物憂げに続ける。

「栄華を誇り、長き平和を掴み取った都市では必ず起こることなんだ。長すぎる平和は人を倦ませ、その活力を失わせる。帝国の平和は百年だ。どんな贅沢な暮らしだって、いずれは飽きる。人の社会には、どれだけ忌み嫌われていても必要なものがあるのさ」

「必要な、もの……?」

「危機だよ」

皇帝は、当然のように言う。

「自然の生命にとって、それは身近なものだ。どれだけ忌避していても、その欠乏はいずれ毒になる……。今回の危機は帝国にとって、ちょうどいい刺激になったんじゃないかな」

「は……？」

「住民のいなくなった都市には、職にあぶれた大都市の市民や、農家の長子以外の子などから人員を募り、復興に向かわせる。彼らはよく働き、よく産み、よく富むことだろう。何せ、自分たちの街を新たに作り上げるのだからね。きっと張り切るさ。そこで培われた活力は、いずれ必ず帝都にも波及する。ちょっとだけかもしれないけどね」

「それで、帳尻が合うとでもっ……犠牲になった民やその地の領主たちが、納得するとでも言うのですか！」

「民には謝るしかないね。ただ、領主は少し事情が異なる。西方は元々、帝国に敵対的だった国が多くあった地域だ。その支配者の末裔である領主たちにも、その気質は受け継がれている。ヒルトゼールではなく、ディルラインやジェイルードの支持者が多いのもそれが理由だね。ぼくは彼らに、今一度自分たちの本分を思い出してほしかったのさ。謀を巡らす前に、まず大切な領地を守るという、当たり前のことをね。とても乱暴な言い方をすれば……民も、結局はどちらの反乱に巻き込まれるかの違いでしかなかったのではないかな」

「西方の諸侯が……反乱の計画を立てていた、とでも……っ？」

「ううん」

皇帝は、軽く首を横に振る。

「立ててないよ。まだそこまでの段階ではなかった。だって、そうなってからでは遅いじゃないか。計画を立てられてしまえば、ぼくだって彼らを処罰せざるを得なくなる。そこからはどんな筋書きをたどっても、お互いに嫌な感情が残ってしまう……そんな脚本なんて誰が欲しがるんだい？」

「っ、何を……」

「ぼくはやはり、皆が喜びのままに終わる筋書きの方が好みだ」

まるで演劇の内容を語るかのように、皇帝は続ける。

「陰謀なんて、偶然のうちに挫かれてしまう方がいい。悪巧みをしていたら、もっと悪い魔術師が大暴れして、自分たちの領地を滅茶苦茶にしてしまった！　困り果てる諸侯たち。そこに帝国が手を差し伸べる。具体的には復興資金の貸し付けや、税の免除措置などでね。諸侯たちは感謝し、深く反省する。そして他の土地からやってきた若者たちと協力して、領地を前よりもっと立派に立て直す。将来的により大きな税収という形で、諸侯たちは帝国に恩を返すんだ。帝国も、西方でがんばる若者たちに触発され、活力を取り戻す。ついでに血の気の多い息子たちもちょっと懲りる――――どうだい？」

皇帝は、どこか満足げに言う。

「ハッピーエンドだとは思わないか？」

ぼくは言葉を失っていた。

何かが間違っていた。これほどの人間が死んで、ハッピーエンドなどあるわけがない。

だが、何が間違っているのかがわからなかった。

ひょっとすると――――何も間違っていないのだろうか。

これが、政なのだろうか。

「なぜ……」

皇帝から目が離せない。

「なぜそれを、ぼくに明かした」

この男は……ヒルトゼールともフィオナとも、次元が違う。

だからこそ、真相を知ってしまったことが恐ろしい。

「なぜって別に、大した秘密でもないしね」

皇帝は、本当にささいなことのように言う。

「こういう邪推はみんなしているよ。真相に迫るものもあれば、中には笑ってしまうほど的外れで荒唐無稽なものもあるけどね。そのすべてをぼくは放置している。君がどこで何をわめき立てたところで、そのうちの一つにしかならない。裏付けがないから…………おっと」

皇帝はそこで、間違いに気づいたような顔になる。

「これは隠さない理由にはなっても、わざわざ話してあげる理由にはなってなかったね。失礼。まあ、ただの雑談だよ」

「雑談、ですって……？」

「うん。本題は最初に言ったように、ねぎらいだ。これは本当だよ？　反乱への対処はぼくが頼んだことだからね。用が済んだからはいさようならでは、人格を疑われてしまう。皇帝であっても、さすがにそんな特権はない。褒賞もちゃんとあげるとも」

「陛下が招聘したのは……勇者であるアミュだ。ぼく一人を、呼び出す理由がない」

「まあそうなのだけどね。結局君が彼女らのリーダーであるようだし、かまわないかなって。だって、別に彼女たちも来たいと思っていないだろう？　こんなところ」

自嘲するように、皇帝はおどけて言う。

言葉も仕草も、他人に緊張感を抱かせることがない。恐れる必要のない人物のように、本能で感じ、言葉を受け入れてしまう。

だからこそ、恐ろしい。

「それでも、アミュ君は呼ぶべきだったかもしれないね。セイカ君一人を呼んだのは……実を言うとぼくの都合だ。君に訊きたいことがあったのだけど、もしかしたら他人に知られれば困る内容かと思ってね」

「ぼくに何を……問おうというのです」

「全然、大したことじゃないんだけどね」

皇帝は、そこで再び、ありえない笑みを浮かべた。

陰謀に財貨、暴力に愛憎が渦巻く政(まつりごと)の世界に生きる者であれば、とうに捨て去っていなければおかしいはずの――――どこまでも凡庸な笑みを。

「君――――魔王なんだって？」

## 書き下ろし番外編『白雲かかる山となるまで』

「遊びをせんとや生まれけむ
　戯れせんとや生まれけん
　遊ぶ子どもの声聞けば
　わが身さへこそ――――」

とある屋敷の一室にて、男が歌っていた。

夜も深まりきった時分。本来ならば闇に沈んでいるはずの室内を照らすのは、各所に浮かんだ呪符が放つ淡い光のみだ。

見る者によっては怪しくも映るその空間で、その男は一人、全身全霊を込めて歌っていた。

鼓（つづみ）や笛の伴奏もなく、ただ熱唱だけが響き渡る。

やがて歌い終えた男は、余韻に浸るかのように、立ったまま目を閉じ、自らの美声を思い出して感じ入る。

そして、呟く。

「ふ、静かだ……感動のあまり、皆言葉もないか」

「馬鹿を言うな。お前とぼく以外、皆酔い潰れて寝ているだけだ」

呆れたような返答が響いた。男は目を開ける。

散らかり放題の室内が映った。板間の各所に、空になった酒の瓶子(へいし)や杯(さかづき)が転がっている。さらには、人間も転がっていた。皆だらしなく眠りこけており、中には半裸になっている者もいる。典型的な、宴(うたげ)の終盤の光景だった。

無論、酒をたらふく飲み、酔っているのは男も同じだ。

「今宵、おれの歌を余さず聴く栄誉を与えられたのはお前だけだったか、ハルヨシ……。ふ、友一人だけのために歌うというのも、悪くない」

「一人で気持ちよく歌っていただけのくせして、よく言う。というかその栄誉とやら、ぼくが何度受けたと思っているんだ……」

呆れきった表情で、屋敷の主(あるじ)でもある狩衣(かりぎぬ)姿の男が答える。

その名を、玖峨晴嘉(くがのはるよし)といった。史上最強と呼び称えられる、在野の陰陽師である。

巷(ちまた)では恐れられることも多いが、意外にも面倒見がよく世話焼きな性格をしている。今宵集まったのはそれをよく理解した知己(ちき)の者たちであり、それゆえに態度も互いに雑だった。

「ふははは。まあそう言うな」

そう言って男は置き畳に上がると、晴嘉の隣に腰を下ろす。

晴嘉が一人起きていたのは、何も男の歌を聴くためではない。ただ、酒に強かったためだった。また屋敷の主であるゆえに、この後片付けなければならないためでもある。

男ももちろんそんな事情は知っていたが、あまり気にしていなかった。

歌う場があり、聴く者がいる。それだけで十分だったのだ。

男は歌をこよなく愛していた。

「ふぅ、喉が痛い。さすがに歌いすぎたな。今宵はもう、酒はやめておくか」

「まったく……加減というものを知らないのか、雅仁（まさひと）」

晴嘉が、そう男の名を呼んだ。

まるで苦言を呈（てい）すように言う。

「今様（いまよう）狂いも大概にしろ。身分が身分だ、周りの者にも呆れられるぞ」

「ふははは」

雅仁と呼ばれた男が笑った。

「そのようなこと、気にする必要はない。なぜなら……とうに呆れられているからな」

わずかに酒の残った瓶子を、名残（なごり）惜しそうに揺らしながら続ける。

「おれはただの雅仁でいいのさ」

雅仁は、元より氏姓（しせい）を持たなかった。平民であるためではなく、本来はそれを授ける立場であるためだ。

現在の帝は雅仁の異母弟（いぼてい）にあたり、政治の実権を握る、治天（ちてん）の君（きみ）である法皇は父にあたる。

雅仁は親王（しんのう）であり、紛れもない皇族だった。

それが、こんな辺鄙（へんぴ）な場所に建つ屋敷の一室で、どこの輩（やから）とも分からぬ者たちと飲み明かし、声を嗄（か）らしている。

呆れられない理由がなかった。

世間での評判は、今様狂いの盆暗親王。父からも兄弟たちからも、おそらくは出来のいい息子からも見放されているだろう。

「まあ元より、父上はおれに帝の位を継がせる気はなかっただろうからな。皇位継承に無縁とあらば、高貴な者らしく文化芸術を愛好するのもまた一興」

「文化芸術ってお前、今様だろうが。笛や琴や和歌ならまだしも……」

「なんだ、馬鹿にするのか」

雅仁が怒ったように言う。

「今様もまた、芸術の一つに違いはないだろう」

今様とは、主に市井の者たちに親しまれている流行歌だった。

皇族が芸術を愛し、楽器などを学ぶことは珍しくない。だが今様はあくまで市井の流行歌であるため、皇族が学ぶにふさわしいとは思われていなかった。

また、愛好すると言っても限度がある。

晴嘉は微妙な表情で言う。

「百歩譲ってそうだとしても……お前のそれは、愛好と呼んでいい次元じゃないぞ。前に歌いすぎて喉から血が出たとか言ってなかったか？」

「ふ、そうだ。おれの鉄板ネタの一つだな」

「笑える要素がどこにもない。ドン引きだ」

「それほどに努力しただけあって、見事なものだろう」

「まあ、それは認めるが……」

雅仁の歌は、さすがに巧みだった。晴嘉の友人らも、眠りこける前は聞き入っていたほどだ。今様狂いと称されるほど、熱中しているだけのことはある。

もっとも、普段の練習量が尋常ではない。それだけ歌えば誰でも巧みになるだろうというほどの量を、雅仁は歌っていたのだった。

晴嘉は半眼になって言う。

「まさかとは思うがお前、田中殿でも夜通し歌っているんじゃないだろうな」

「さすがにおれにも良識というものがある。自らの住まいとはいえ、他の者たちも暮らす屋敷でそのようなこと……たまにしかしない」

「おい」

「一度か二度だ。傀儡女や白拍子を呼ぼうにも、皆兄上に遠慮してしまうからな。今様合はなるべく別の場所で開くようにしている。……兄上だってよく歌合を開いているのだから、別にいいとおれは思うのだが」

「歌合は夜通し熱唱したりしないだろう。一緒にするな」

晴嘉は、やや疲れたように肩を落としながら言う。

「あまり、あの子に迷惑をかけるなよ」

晴嘉があの子と呼ぶ人物は、雅仁の兄であり、上皇である顕仁だった。

雅仁は、自らの母の死以降、田中殿で顕仁と共に暮らしている。

「……なあ、ハルヨシ。訊きたいことがあるのだが」

「なんだ？」

怪訝(けげん)な顔をする晴嘉に、雅仁は問う。

「なぜ兄上のことを、あの子などと童(わらわ)のように呼ぶのだ？　おれより八つも年上なのだぞ」

問われた晴嘉は、わずかに苦い顔になる。

「……知り合った時期の問題だ。お前がここに来るようになったのは最近だが、ぼくがあの子と最初に言葉を交わしたのは、あの子がまだ帝になったばかりの頃……確か、六つか七つの頃だったからな」

顕仁は、わずか五歳の頃に帝となり、二十三で皇位を退(しりぞ)いた。

すべては、父である現法皇、宗仁(むねひと)の意向だ。

「その頃の印象が、まだ残っているだけだ」

「それからもう、三十年近く経つだろう」

「ぼくにとっては大した時間じゃない」

「……それもそうか」

相づちを打つ雅仁に、晴嘉は続ける。

「できることならば、弟子に取ってやりたいくらいだった。いい子だったというのもあるが、何より術士として大成できるほどの呪力を持っていた。帝などという身分でなければ……あの子もうなずいてくれただろうか」

晴嘉は、たまに呪(まじな)いの弟子を取っていた。

その条件には、才能や性格もあるが……親に捨てられたり、死に別れたり、あるいは家で肩身の狭い思いをしているなどといった、哀れな境遇の子であるというものもある。

帝であった頃の顕仁は、まさにその条件を満たす子供だった。

「……兄上は、良い人間であるからな」

雅仁はぽつりと言う。

「母を亡くし、塞(ふさ)ぎ込んでいたおれに、共に暮らさないかと声をかけてくれた。少々優しすぎるきらいはあるが……いくら辛い境遇だからとて、帝の位を投げ出し、市井に下るような真似はしなかっただろう」

「ああ。だからお前も、あまりあの子に甘え過ぎるなよ」

「どうしてもう、兄上に会おうとしないのだ？　ハルヨシ」

唐突に投げかけられた問いに、晴嘉が押し黙った。

雅仁は続ける。

「兄上は立場が立場だ。治天の君の地位を狙っているなどと誤解されぬために、当代最強の陰陽師の屋敷を軽率に訪れるような真似はしないだろう。だが、お前から訪ねるくらいは構わないのではないか？　かつて親しくしていたにもかかわらず、なぜ兄上を避ける」

「……大した理由じゃない。ただ、少し気まずいだけだ」

「……」

ばつが悪そうに、晴嘉は言う。

「結局ぼくは、あの子に何もしてやれなかった」

「そんなことはないだろう。地位と関わりのない親しき者がいたというだけで、兄上はいくらか救われたはずだ。むしろ、哀れな帝を自分が救わなければならなかったなどと考えるのは、さすがに傲慢が過ぎるぞ、ハルヨシ。兄上の人生は、お前が責を負うべきものではない」

「わかっている」

憂いの籠もった声で、晴嘉は言った。

「だからこれは、単にぼくの気持ちの問題なんだ」

どこか、しんみりとした沈黙が流れた。

雅仁がぽつりと言う。

「世の中、ままならないものだな」

「まったくだ。呪い程度ではどうにもならないことが多すぎる」

そう言って、二人で苦笑する。

「……と、そんな心をも歌うのが今様だ。どうだ、ハルヨシ。共に一首」

「やめろやめろ。ぼくは歌が苦手なんだ」

晴嘉は、そう言ってひらひらと手を振る。

「はあ……もう、まもなく夜が明けるぞ。話し込みすぎたな」

晴嘉に言われ、雅仁は蔀戸から外を見やるが、まだ十分に暗い。

しかしそれでも、晴嘉の言うことは正しいのだろうと思われた。

「お前の迎えが来るまで一眠りしていくか?」

「うむ、そうだな……」

雅仁は悩む素振りをする。しかし、実のところそのつもりはなかった。

まるで今思い出したかのように、懐から小箱を取り出す。

「おお、そうだそうだ。実はお前に、一つ相談があったのだ。ハルヨシ」

「相談?」

眉をひそめる晴嘉に、雅仁は言う。

「率直に言うと、ある物を供養したい」

「ほう」

「これだ」

そう言って、雅仁は小箱から取り出した物を晴嘉に手渡した。

晴嘉は摘まんだそれを、眼前に掲げて眺める。

「指輪、か」

「ああ」

黄土色をした、太く大振りな指輪だった。晴嘉にしても、見慣れた物ではない。

この時代の日本において、指輪は装飾品として用いられない。日本で作られたものであれば、最低でも数百年は昔の物。そうでなければ、西洋で作られた物ということになる。

その意匠からするに、今回はどうやら後者であるようだった。

「もう十年は昔のことだが、唐土から渡ってきたという商人が取り扱っていた代物だ。物珍しさに負けて買ってしまったはいいが、それ以来すっかり忘れていた。それを、つい先日見つけたのだ。もう贈るあてもないために処分しようと思ったのだが、急に不安になった。もしこれが、呪物の類だったならどうしようと」

「……いろいろ言いたいことはあるが、続けてくれ」

「呪物の中には、捨てても手元に戻ってきて、災いをもたらすものもあるのだろう？　万が一にもそのような曰く付きの品だったなら困る。というわけで、お前にいい処分方法を訊ねたかったのだ。ハルヨシ」

「……まず、そんな怪しげな物を買うなと言いたいところだが……」

晴嘉は指輪をしばらくじっと眺めていたが、やがて軽い調子で言う。

「特に力の流れは感じない。呪物の類ではないぞ。好きに捨てればいい」

「好きに捨てろと言われても困る」

晴嘉の言葉に、雅仁は真剣な顔で反論する。

「万が一、ということもあるだろう」

「いや、ないと思うが……」

「念には念を入れたい」

「ええ……？」

めんどくさそうな顔をする晴嘉に、雅仁は指輪を指さして言う。

「ほら、そこに文字が彫り込まれているだろう？　それは呪文の類ではないのか？」

「これか？　あー……」

指輪の上面は平たくなっており、そこには異国の文字が刻まれていた。

「読めるか？　商人は、波斯（※ペルシア）の品だと言っていたから、そちらの文字ではないかと思うのだが」

「いや……どうやらラテン語のようだ」

晴嘉が、指輪の文字を軽く指で撫でながら言う。

「ラテン語は広く使われているからどこの品とは言えないが、少なくともこれは、波斯の品ではないな。刻んであるのも呪文の類ではない」

「では、なんなのだ？」

「祈りの聖句の一節のようだ。この指輪の元の持ち主は、キリスト教……景教の信徒だったらしい」

「ほう、景教の品であったか」

この時代の日本において、キリスト教は一般的ではない。西洋ではそのような宗教が信仰されていると、唐土からもたらされる書物で伝え聞く程度に過ぎない。

雅仁は笑みを浮かべて言う。

「神にまつわる品ならば、なおのことふさわしい手段で処分しなければな。どうすればいい？

西洋でも、やはりこういった品は焚き上げるのか？」

「いや、そういうのは聞いたことがないな……物品を供養するような風習は、向こうにはないのだと思うが」

「では、信仰される神にまつわる方法で処分するというのはどうだ。海神ならば海に投げ込む、山神ならば山に埋める、というように。呪物の類を無力化する際には、そのような方法がよくとられるのだろう？」

「それはそうだが、術士の気持ちの問題程度のもので、そこまで大きな意味はない。そもそもこれは呪物でもないからな……それに景教の神は全能神であるから、特に関わりがある自然物というのも……」

と、そこで、晴嘉は一度言葉を切った。

考え込むようにして言う。

「……いや……そう言えば景教の元となったユダヤ教は、初めは神道と同じような多神教だったと聞くな。景教にも引き継がれて信仰されている全能神ヤハヴェは、確か元々火山の神だったとか……」

雅仁が明るく言う。

「おお、それはちょうどいい」

「ここ日本にも、立派な火山があるではないか」

「……え」

「この指輪は富士山の火口に捨てに行こう、ハルヨシ」

「はあ？」

晴嘉が、口をあんぐりと開けて言う。

「待て。行こうって……ぼくもか？」

「そうとも。神の品を捨てる旅路の供として、お前以上にふさわしい者がどこにいる」

「どうやって行く気だ」

「徒歩で登るのは、さすがに骨が折れる。なので龍に乗せてくれ。実は一度、乗ってみたかったのだ」

「嘘だろ……」

唖然としたように、晴嘉が言う。

「こんな用事のために、蛟を喚べというのか」

「無理か？」

「無理、というわけではないが……」

渋い顔をする晴嘉に、雅仁は微笑とともに言う。

「頼む、晴嘉。お前しか頼れぬのだ」

「あまり甘やかさない方がいいかと存じますよ。ハルヨシさま」

室内に、高い声が響いた。

いつの間にか、部屋に白い女が一人立っていた。

女はそこいらに転がる瓶子や杯を片付けながら、仏頂面でぶつぶつと言う。

「いくら帝の血筋とは言え、ハルヨシさまをそんな牛飼童のように……」

白い肌に白い髪。大きな瞳に高い鼻。どこか人間離れした容姿の、恐ろしげな女だった。実際人間ではなく、晴嘉の使役する妖である。

初めは雅仁も面食らったものだったが……しかしよくよく観察すると、その言葉遣いや仕草には小動物めいた愛嬌があった。

雅仁は微笑とともに言う。

「まあそう言うな、ユキ殿。友に頼られれば、人は喜ばしく感じるものなのだ。ハルヨシとて例外ではない」

「うむむ、たしかにそのようなふしもございますが……」

「おい、勝手に喜んでいることにするな。ユキも何納得してるんだ」

顔をしかめる晴嘉に、雅仁は笑って言う。

「ふはは。で、どうだ、ハルヨシ」

晴嘉は溜息をついて答える。

「……仕方ない。日が昇ったらな」

「お前ならそう言ってくれると思ったぞ、友よ」

笑みとともに、雅仁は言う。

「では、それまで一眠りさせてもらうとしよう」

富士山の火口は、赤々と燃えていた。

「ほう……見事なものだ」

上空に浮かぶ蛟の背からそれを見下ろした雅仁が、ぽつりと呟く。

流動する溶岩湖に、白く立ち上る噴煙。その熱気は、はるか高みに立つ雅仁の下にまで届いている。

人の力などおよぶべくもない、大自然の威容だった。

「さすがに真上だと暑いな」

それすらも超越した存在である晴嘉が、なんでもなさそうに呟いている。

指輪を捨てに行く約束をしてから、十数刻ほど経った時分。一眠りした雅仁は、晴嘉の喚び出した蛟に乗って、朝日の中ここ富士山の頂上にまでやって来ていた。

空を飛ぶ感動もあったが、火口もまた壮大だ。

「もしもここから落ちたならば……溶岩に沈み、おれという存在は跡形もなく消え去ってしまうのだろうな」

火口を眺める雅仁が静かに言うと、晴嘉が普通の調子で答える。

「人が溶岩に沈むことはないぞ。比重が違いすぎるからな。水に落ちた木の葉のように浮かぶはずだ」

「ならば、急いで岸まで駆ければ助かるか」

「その前に高温で燃え上がってしまうから無理だ。いやそれよりも、体中の水分が沸騰し、爆発してしまうのが先か」

「ふはは。なんとも恐ろしい場所だ」

まさしく滅びの地だった。

思わず畏敬の念を抱いてしまう。景教の信徒たちが、この荒ぶる神を最高神に選んだことも納得できるほどだった。

雅仁はふと疑問を口にする。

「竹取物語では、帝が不死の妙薬をこの地で燃やしたことで、富士山は永劫に燃え続ける不死の山となったが……実際に、この火は永遠のものなのだろうか」

「いや」

晴嘉は首を横に振る。

「火山活動も、永遠に続くものじゃない。遠い未来、この火口が冷えて固まってしまう日も来ることだろう」

「……そうか」

それは残念だと、雅仁は思う。

「……さて。悪いが、これ以上は降りられない」

晴嘉が言う。

「少し遠いが、ここから投げ入れてくれ」

「ああ。わかった」

雅仁が、懐から指輪を取り出す。

そしてそれを、火口に向かって投げ入れた。

落ちていく指輪は、すぐに小さくなって見えなくなる。

溶岩湖に変化はない。指輪はきちんと火口へ落ちたのか、それとも風に流されてどこかへ転がっていってしまったか、それすらも判断が付かなかった。

それでも、雅仁は不思議とやり遂げた心地だった。

あの指輪は、きちんと供養されたのだ。

「……満足か？」

「ああ」

晴嘉の言葉に、雅仁は火口を見下ろしたままうなずく。

「それで結局、あの指輪は誰に贈るはずのものだったんだ？」

雅仁は、晴嘉を振り返る。

史上最強と呼び称えられ、多くの者に恐れられる陰陽師は……意外にも面倒見がよく世話焼きな性格で、親しき者の心の変化に敏かった。

雅仁は、微笑とともに答える。

「懿子だ」

懿子とは、雅仁の妻の名だった。

十年前、息子の守仁を産んだ後に、病を患い死んでしまった、十一も年上の妻。

「病がよくなった折に、渡そうかと思っていた。あのような珍品、喜ぶかはわからなかったが」

きっと喜ばなかっただろうと、雅仁は思う。

今様への執心さえ、よく諫められていた。西洋の指輪など、贈ったところで眉をひそめられるばかりだっただろう。

「結局、渡すことはできなかった。それきり忘れていたのだが、つい先日……あれの命日に、見つけてしまった。それで、供養しようと思い立ったのだ」

ただ、と言葉を切った雅仁が、晴嘉をまっすぐに見据えて言う。

「本当は、もっと普通に供養してもよかった。こんな我が儘を言ったのは……ハルヨシ。お前と少し、ゆっくり話す機会がほしかったのだ」

「……何か、あったのか？」

表情を険しくする晴嘉へ、雅仁は微笑とともに言う。

「おれは帝になるやもしれぬ」

晴嘉が目を見開いた。

「どういうことだ？　まさか……」

一瞬言葉を切って、言う。

「今の帝の具合が、よくないのか？」

現在の帝である躬仁は、幼い頃から病弱と言われていた。

たとえ貴人であっても、若くしての病死と無縁ではいられない。

「あくまで噂だ。実際のところ、どれほど悪いのかも定かではない。だがもし帝が崩御したとすれば、皇位はおれが継承することとなるだろう」

「待て。それでなぜお前が帝になるんだ」

晴嘉が混乱したように言う。

「確かに今の帝に子はいない。皇位が巡ってきても、おかしくない立場ではあるだろうが……こう言ってはなんだがお前、あまり評判が……」

「守仁は、よくできた息子でな」

歯切れの悪い晴嘉の言を遮るように、雅仁は言う。

「父上の覚えもめでたい。今様狂いの盆暗親王では無理でも、その息子を次の帝に、と推す声は多いようなのだ」

「……」

「ただ、父親であるおれが親王のまま、息子が即位するというのは前例がない。そこで、繋ぎとして一瞬だけ帝をやらせてやろう、というわけらしい」

「……なんだそれは」

晴嘉が愕然としたように言う。

「どうしてそんな歪なことをする。それより、もっと自然な形で皇位を継がせられる者がいるだろう。あの子の……顕仁の息子の、重仁親王だ。上皇の息子ならば慣例にも反しない。歳だって、お前の息子よりは上だ。帝にはふさわしいだろう。それなのに、なぜ……」

雅仁は沈黙を保つ。

そこで、晴嘉は気づいたような顔になった。

「まさか……あの子を、治天の君の地位から遠ざけるためか？」

「……」

「お前の父親は、まだ信じているのか。あの噂を」

「……そうだ」

雅仁は、わずかに目を伏せてうなずく。

「父上は未だに、兄上を自分ではなく、祖父である白河院の子だと思っている」

雅仁の兄である顕仁には、ある噂があった。

本当の父親が、実の曾祖父であり当時の治天の君であった、白河院なのではないかというものだ。

母にあたる待賢門院は元々白河院の養女であるが、当初からその異常な寵愛ぶりは悪い意味で話題になっていた。

さらに、白河院は誕生した顕仁親王を、不自然なほどに溺愛した。わずか五歳で皇位を継承することになったのも、白河院の意向があったためだ。

老いても精力盛んな白河院のこと。顕仁親王はひょっとすると……。そんな噂が宮中に流れていたことを、晴嘉も聞きおよんでいた。

だが。

「それは……あくまでただの噂だろう。そんなこと実際には……」

「父上はそう思っていないのだ、ハルヨシ。だからこそ……兄上はあのように扱われてきた」

「っ……」

雅仁の父、法皇宗仁は、息子である顕仁をこれまで徹底して冷遇してきた。

息子でもあり叔父でもある子、叔父子などと呼び、顔を合わせることすら避けた。

さらには白河院の死後、皇位を取り上げ、代わって異母弟を帝に据えることにより、政治の実権を握る地位である治天の君への道すらも閉ざした。

その帝が病に倒れたとあってもなお、自らの思いを変えるつもりはないらしい。

「やるせないものだ。兄上は治天の君の地位を欲していたが、それは権力を得たかったためではない。ただ、父の愛を信じたかっただけなのだ。そのような望みは叶わぬのだと……このような形で、あらためて突きつけられることになろうとは」

「……」

晴嘉は、しばし憂いに満ちた表情で、眼下の火口を見下ろしていた。

だが不意に、雅仁へ寂しげな微笑を向けて言う。

「……ひとまずは、おめでとう、と言っておくべきか？　雅仁」

「何もめでたくなどない。帝の地位を継ぐことになれば、これまでと同じように今様を楽しむことは難しくなるだろう。田中殿に暮らし続けることもできない……兄上との間にも、軋轢ができてしまうだろうな」

「……」

「昨夜のように飲み騒ぐことも、簡単にはできなくなる。帝の地位など、面倒なことばかりだ」

雅仁は、そう言って遠くへと目をやった。

視界には、澄み渡った蒼穹が広がっている。

「何もかも、流れる時の中で変わっていく」

そう、ぽつりと言う。

「人の命も、互いの関係も。妻が死に、母が死んだ。近いうちに帝が死に、父上も死ぬだろう。兄上とも、我が息子とも、これまでと同じ関係ではいられない。諸行は無常だ。歌われぬ今様はやがて消えゆく。富士山の火ですらも、いずれは冷え固まってしまう。人の身で、世界の変化に抗うことなどできるはずもない」

そこで、雅仁は晴嘉に顔を向けた。

「だがな、晴嘉」

笑みを浮かべ、告げる。

「だからこそ、変わらぬものがあると心安らぐのだ」

雅仁は続ける。

「生まれる以前から存在し、死してなお続くものがあると想像すると、救われた心地になる。永遠の存在に記憶されたならば、それだけでこの世に生まれ落ちた意味を感じる。不変のものは、皆の拠り所となるのだ。火山ですらも成し得ぬ不変を成せるとすれば――それは、人を超越したお前しかいない」

雅仁は、笑みとともに告げる。

「お前だけは、どうかずっと変わらずにいてくれ。ハルヨシ」

晴嘉は、しばしの間真剣な表情で沈黙していた。

だがやがて、小さな笑みを浮かべて言う。

「さて、どうするかな。ぼくだって、良い方向には変わりたいものだが。いつだったか初対面の者に、『思っていたよりガキっぽい性格』とか言われたこともあったしな」

「ふははは、根に持つな。いいではないか、そのようなこと。お前はそのままで何も問題はない」

「まあそういうことにしておいてやる。では、そろそろ帰るとするか」

晴嘉がゆっくりと蛟を旋回させる。

そんな中、ふと思い出したように雅仁は言う。

「そうだ。実は最近、書物を作ろうと思い始めたのだ」

「ほう。なんの書物だ?」

「おれの書物なのだ。無論、今様に決まっている」

得意げに、雅仁は言う。

「今様は市井で親しまれる歌だ。それゆえ記録があまりに少なく、新たに記そうとする者もいない。だから、おれが書き留めるのだ。せめておれの知る歌だけでも、忘れ去られることのないように。書き上げるまでには相当な時間がかかりそうだが……完成したら読んでくれるか？　ハルヨシ」

晴嘉は、優しげな笑みとともに答える。

「お前が記す以上、なかなかの大作となるのだろうな。楽しみにしておこう」

「ふははは、やる気が出てきたな。いい気分だ、どれ、一首歌うとするか」

そう言って、雅仁は歌い始める。

声は、無限に広がる空へ、とてもよく響き渡った。

「　そよ

　君が代は千代に一度ゐる塵の

　白雲かかる山となるまで――……

◆　◆　◆

夜の都が、赤々と燃えていた。

家々を焼く火が、夜闇を照らし出している。

辺りには、双方の呪(まじな)い師が喚びだした妖(あやかし)たちの奇怪な声が、けたたましく響いていた。

尋常ならざる武士(もののふ)たちの死闘があったのか、西に建っていた仏塔が半ばから両断され、崩れている。

都は戦場となっていた。

「……」

雅仁は、争いの空気をただ、黙って感じていた。

今や帝の地位にある雅仁だったが、戦乱を収める術は何も持たない。実権のない、傀儡同然の帝であるためだ。

周囲では、側近たちが固唾をのんで、戦いの趨勢を見守っている。

「さて。謀反の噂で伯父上を追い込み、蜂起させたまではいいけれど、ここから先は少し博打が入るね。……うまくいくかな、信西法師」

「ええ。無論ですとも、守仁殿下」

僧衣の男が、雅仁の息子である少年親王へとうなずく。

「ここまで周到に策を練ったのです。必ずや、我らの政敵を滅ぼせましょう」

その時、武士の一人が慌てたように屋敷へ駆け入ってきた。

「ほ、報告です、信西法師！」

「どうした」

「嵯峨野の地にて、鬼神スクナの消滅を確認！　配下の術士によれば、玖峨晴嘉の呪力も、すでに感じられなくなっているとのことです！」

一瞬の後、陣営が沸いた。

周囲で歓声が上がる中、僧衣の男が少年親王へ笑顔を向ける。

「やりましたな、殿下。玖峨晴嘉が新院の陣営につけば、こちらの敗北は必至。ひいてはあれの討伐だけが難所でございましたが……これで、我らの勝利は揺るがないでしょう。新院も、あれらの取り巻きも終わりです。すべては殿下の計略通りに進みましたな」

「何を言う」

少年親王が、不敵な笑みを浮かべて言う。

「玖峨晴嘉討伐を成したのは、他でもないそなたじゃないか。屋敷の童らを人質に取り、一番弟子を差し向けるなんて、思いついてもなかなか実行できるものじゃない。その手腕、僕の治世でも期待しているよ。ははははは」

少年親王が高笑いを上げる。

雅仁の息子である守仁は、齢十三にして、すでに狡猾な謀略家へと成長を遂げていた。

「……」

だが守仁も、側近の信西も、知らない。

晴嘉が、顕仁のみならず、雅仁の友でもあったことを。

史上最強と呼び称えられ、多くの者に恐れられる陰陽師は、意外にも面倒見がよく世話焼きな性格で……友に呪いを向けることなど、ありえなかったことを。

初めから、晴嘉がこの戦乱——雅仁陣営と顕仁陣営とが争う内乱に加担する可能性など、微塵もなかったのだ。

「……そうか」

そんな中、雅仁は静かに呟く。

「お前も死ぬのだな、ハルヨシ」

呟きに答える者は、誰もいない。

誰も、雅仁を気にも留めない。

今様狂いの盆暗親王。その評価は、帝になった後にも覆ることはなかった。

——だが。

「やはり……変わらぬものなどないということか。人を超越したお前であっても、例外ではなかったのだな」

不変に拠り所を見出した男の中で、何かが変わろうとしていた。

雅仁は目を閉じる。

「ならば——………」

† † †

後白河法皇（諱：雅仁）は、平安末期に活躍した老獪極まる政治家。そのような評が、一般には多い。

息子の二条天皇（諱：守仁）に譲位し院政を開始してからは、様々な政治的有力者と実権の奪い合いを繰り返した。時に平家の力を利用し、増長すると見るや源氏を利用し滅ぼした。武士たちを手玉に取るその姿は、兄である崇徳上皇（諱：顕仁）の末路になぞらえ、日本一の大天狗と称されることもあった。

　このように平安末期の混乱をその才気で生き抜いた後白河法皇だが、当時から常にそのような評を受けていたわけではない。むしろ真逆だった。『今様狂いの盆暗親王』『文武共に備えぬ暗君』当時の評はこのようなものばかりだ。それらは、一面では事実と言える。確かに若い頃の後白河法皇は、見るべきところのない男だった。

　何が彼を変えたのか。

　それは、鳥羽法皇（諱：宗仁）の死がきっかけで起こった、保元の乱だと筆者は考える。

　平安時代最大の規模となり、都の三分の一を焼け野原に変えたこの戦乱は、教科書的には天皇と上皇の権力争いと説明されることが多い。だが、実態は少々異なる。

　院政の実権を握る立場である治天の君となるには、自らが上皇であるのは当然として、実子が天皇の地位にいる必要がある。そのため、後白河陣営は二条天皇を、崇徳陣営は重仁親王を天皇の地位に据えたがった。保元の乱とは、どちらが息子を天皇とし、院政の実権を握るかを巡る争いだったのだ。

　この戦乱で、後白河法皇は親しかった者を二人喪っている。

　一人は、敵であり、実の兄であった崇徳上皇。

　もう一人は、平安の大陰陽師、玖峨晴嘉だ。

　意外な組み合わせではあるが、晴嘉と後白河法皇には交流があった。晴嘉の日記や、後白河法皇のしたためた『梁塵秘抄』（主に今様が収められた歌謡集。後白河法皇は熱心な愛好家だった。全二十巻）の一部にその記述が見られる。晴嘉の屋敷で催される宴に頻繁に赴いていたことから、おそらくは友と呼べる間柄だったのだろう。

一方で晴嘉は、古くから崇徳上皇とも交流があった。だからこそ後白河陣営に危険視され、闇討ちのような形で命を落とすこととなってしまった。

この戦乱に、当時ほとんど傀儡であった後白河法皇が何を思ったかは、わかっていない。それを示す資料が存在しないためだ。

だが――玖峨晴嘉殺害の主犯と目される信西法師は、後の平治の乱にて首を落とされている。

またすべての計略を練ったとされる二条天皇は、結局実権を握ることのないまま、若くして病死している。

それだけではない。この戦乱に関わった主な者たちは、そのほとんどが道半ばで命を落とすか、失脚し歴史の表舞台から姿を消している。同陣営として参加した、あの平清盛が興した平家ですらも、最終的には滅ぼされているのだ。

後白河法皇の手によって。

単なる偶然であるとする研究者がほとんどだ。だが、筆者はそうは考えない。

生前、信西法師は後白河法皇をこのように称している。

『もし叡心果たし遂げんと欲する事あらば、あえて人の制法にかかわらず、必ずこれを遂ぐ』
(一度これを成すと決めたことがあれば、他人の制止など聞かず、必ずそれを成し遂げる)

保元の乱以降、多少強引で場当たり的なところがありながらも、後白河法皇は成すと心に決めたことは必ず成し遂げる政治家となった。

まるで、自らに変えられないものはないのだと信じていたかのように。

そのきっかけが、友であった不死なる陰陽師の死だったのだとすれば――それはおそらく、皮肉と呼ぶべきことなのだろう。

本書に対するご意見、ご感想をお寄せください。

あて先

〒162-8540 東京都新宿区東五軒町3-28
双葉社　モンスター文庫編集部
「小鈴危一先生」係／「夕薙先生」係
もしくは monster@futabasha.co.jp まで

農民関連のスキルばっか上げてたら何故か強くなった。
NOUMIN KANREN NO SKILL BAKKA AGETETARA NAZEKA TSUYOKU NATTA.
1
しょぼんぬ
姐川
超一流の農民として生きるため、農民関連のスキルに磨きをかけてきた青年アル・ウェインは、ついに最後の農民スキルレベルをもMAXにする。そして農民スキルを極めたその時から、なぜか彼の生活は農民とは別の方向に激変していくことに……。最強農民がひょんなことから農民以外の方向へと人生を歩み出す冒険ファンタジー第一弾。
モンスター文庫

モンスター文庫
1
まるせい
チワワ丸
生贄になった俺が、なぜか邪神を滅ぼしてしまった件
自ら幼馴染の身代わりに邪神への生贄となったエルト。邪神の攻撃を前に死を覚悟し、最期を迎える……はずだった。が、ユニークスキル『ストック』が発動し、気が付くと邪神を返り討ちにしていた。生還したエルトは幼馴染に無事を伝えるため、故郷の村へと旅立つことに。道中、森を歩いていると強力なモンスターに遭遇。戦闘を回避しようと考えたその時、モンスターの傍で気を失っている少女を発見し――生贄系主人公による王道成り上がりファンタジー開幕！
モンスター文庫

発行・株式会社　双葉社

# 最強陰陽師の異世界転生記～下僕の妖怪どもに比べてモンスターが弱すぎるんだが～⑦

Mこ01-07

2024年1月31日　第1刷発行

著者　小鈴危一

発行者　島野浩二

発行所　株式会社双葉社
〒162-8540
東京都新宿区東五軒町3-28
電話　03-5261-4818（営業）
　　　03-5261-4851（編集）
http://www.futabasha.co.jp
（双葉社の書籍・コミック・ムックが買えます）

印刷・製本所　三晃印刷株式会社

フォーマットデザイン　ムシカゴグラフィクス

落丁・乱丁の場合は送料双葉社負担でお取り替えいたします。「製作部」あてにお送りください。
ただし、古書店で購入したものについてはお取り替えできません。
［電話］03-5261-4822（製作部）

定価はカバーに表示してあります。



ISBN978-4-575-75334-9　C0193
Printed in Japan